Marliese Arold, geb. 1958, wollte schon als Kind Schriftstellerin werden. Eigentlich ist sie ja Bibliothekarin, aber das findet sie längst nicht so abenteuerlich wie das Geschichten-Ausdenken. Außer „ZM – Streng geheim“ schreibt sie vorwiegend heitere Romane und Tiergeschichten. Sie lebt in Erlenbach am Main.

„Noch aufregender als das Bücherschreiben“, meint sie, „wäre allerdings eine echte Zeitmaschine …“

ZEIT MASCHINE

STRENG GEHEIM

DIESES BUCH GEHÖRT:

____

____

Pelikan

MARLIESE AROLD

DER FALSCHE MAHARADSCHA

ILLUSTRATIONEN
FRANK ROSENZWEIG

ZEIT MASCHINE
STRENG GEHEIM

DIE ABENTEUERSERIE VON Pelikan

Das Papier dieses Buches wurde ausschließlich hergestellt
aus **chlorfrei** gebleichtem Zellstoff –
der Umwelt zuliebe.

ISBN 3-8144-2317-8

Illustrationen: Frank Rosenzweig
Graphische Gestaltung: Leonore Wienstrath
Gesamtherstellung:
Graphischer Großbetrieb Pößneck GmbH
Ein Mohndruck-Betrieb
Printed in Germany
Auflage 15 14 13 12 11 10 9 8 7 6 5 4 3 2 1

Inhalt

ZEIT MASCHINE

von Marliese Arold

Das sind die Abenteuer:

Die Höhlenmenschen vom Mammuttal
Die geheimnisvolle Goldgräberstadt
Der Smaragd von Bagdad
Die Rache des Druiden
Die Todeselefanten
Die Maske des Piraten
Expedition nach Babylon
Karawane ins Verderben
Wer hat Einstein entführt?
Der Wächter der Pyramide
Die Katastrophe von Pompeji
Falscher Kurs nach Indien
Das Pferd des Schamanen
Im Labyrinth des Stiergottes
Atlantis II: Die Stadt unter dem Meer
Das Teufelslied von Löwenstein
Der falsche Maharadscha
Die Tempelstadt im Dschungel

Ambrosius Köhler
(genannt Professor Ambrosius)

Spinner oder Genie? Er ist Professor der Physik und hat früher an Hochschulen unterrichtet. Aber man hat ihn gefeuert. Seither ist der große, hagere Mann mit den grauen Haaren ziemlich launisch und menschenscheu. Auf Fremde macht er keinen besonders freundlichen Eindruck, weil er mit seinen Gedanken meistens woanders ist.

Professor Ambrosius ist der Großonkel von Heike und Michael Jaschke. Viele Jahre lang war er mit der ganzen Verwandtschaft verkracht, und mit etlichen Leuten ist er es auch heute noch, selbst wenn er inzwischen etwas zugänglicher geworden ist.

Seine dicke Hornbrille hat er endlich gegen eine weniger strenge Nickelbrille vertauscht, und auch die Haarlänge ist etwas erträglicher geworden. Seit dem Umzug nach Werthausen hat sich der Professor überhaupt positiv

verändert – das findet jedenfalls Frau Schneider, seine Haushälterin. Wenigstens verbringt der Gelehrte nicht mehr die ganze Zeit in seinem muffigen Keller, sondern ist viel an der frischen Luft . . .

Frau Schneider ahnt ja nicht, welches Ziel Professor Ambrosius' Spaziergänge haben: Eine Tropfsteinhöhle, die er selbst entdeckt hat. Dort kann er nämlich ungestört seinen Experimenten nachgehen . . .

Und er hat schon Dinge erfunden, da würde mancher vor Neid erblassen . . .

Michael Jaschke

liebt nichts mehr als Krimis und Gruselgeschichten. Bei einem Skelett kann er schon mal schwach werden. Zum Ärger seines Deutschlehrers besitzt Michael eine überschäumende Phantasie. Was in seinen Aufsätzen steht, klingt nicht immer glaubhaft. Aber die Schule ist Michael ziemlich schnuppe. Es gibt wichtigere Dinge, findet der Zwölfjährige. Zum Beispiel die Zeitmaschine des Professors . . .

Mit seinem blonden Haar, den blauen Augen und den unzähligen Sommersprossen sieht Michael seiner Schwester überhaupt nicht ähnlich. Die ist außerdem viel schlanker. Doch richtig dick ist Michael nicht. Höchstens ein bißchen pummelig . . . Aber darauf kommt's ja nicht immer an. Hauptsache, man ist flink im Kopf, und außerdem – soooo unsportlich ist Michael auch wieder nicht! Und andere Leute nachahmen kann er super!

Übrigens ist es gut, wenn wenigstens einer nicht gleich den Humor verliert. Denn bei manchen Abenteuern kann dem Professor und den Kindern das Lachen schon vergehen . . .

Heike Jaschke

schwärmt für Tiere, besonders für Pferde. Von Skeletten hält die Vierzehnjährige nicht viel – im Gegensatz zu ihrem Bruder.

Heike ist groß und schlank, hat grüne Augen und braunes Haar, das sie meistens zu einem Pferdeschwanz zusammenbindet.

Heike kann gut zeichnen, und in der Schule ist sie eine der Besten. Sie bildet sich jedoch nichts darauf ein. Hochnäsigkeit kann sie nicht leiden. Überhaupt ist Heike ein echter Kamerad und verliert selbst in den heißesten Situationen nicht den Kopf – auch wenn ihr das Herz manchmal ziemlich flattert.

Thomas Pahl

Thomas ist fünfzehn Jahre alt, groß und schlaksig. Seine Locken sind so dunkel wie Moorteufels Fell. Moorteufel ist ein prächtiger Labradorhund, und seine Spürnase ist einzigartig. Moorteufel ist das letzte Geschenk von Thomas' Vater, der viel zu früh gestorben ist. Inzwischen hat Thomas' Mutter wieder geheiratet, aber mit seinem Stiefvater versteht sich Thomas nicht und geht ihm lieber aus dem Weg.

Thomas interessiert sich für Technik und kann scharf kombinieren. Etwas waghalsig ist er manchmal schon, und ab und zu schießt er auch übers Ziel hinaus. Trotzdem kann man mit ihm Pferde stehlen und sich auf sein Wort voll verlassen.

Früher hat Thomas direkt neben dem Professor gewohnt, und so hat er Heike und Michael kennengelernt. Inzwischen sind die drei unzertrennlich. Ganz klar, ohne sie wäre Professor Ambrosius ganz schön aufgeschmissen! Der hat nämlich ein Talent, von einer verzwickten Lage in die nächste zu geraten . . .

Die berühmteste aller Zeitmaschinen

„Ich hatte heute nacht einen schrecklichen Traum", verkündete Professor Ambrosius am Frühstückstisch.

„Was denn?" fragte Michael gespannt und ließ den Löffel mit dem Müsli sinken.

Der Erfinder nahm seine Brille ab. Seine Augen hatten dunkle Ringe. Man sah ihm an, daß er schlecht geschlafen hatte.

„Meine Zeitmaschine ist ganz berühmt geworden", erzählte er stockend. „Und ich habe ein Zeitreisebüro eröffnet. Die Nachfrage war enorm. Montags ging es immer ins alte Ägypten, dienstags ins Mittelalter, mittwochs zu Cäsar nach Rom, donnerstags nach China, freitags ins alte Germanien, und samstags hatten die Reisenden freie Wahl.

Sonntags war Ruhetag." Er wischte sich über die Stirn. „Ich konnte den Ansturm kaum bewältigen. Alle Leute wollten auf einmal Zeitreisen machen." Er stöhnte bei der Erinnerung.

Thomas grinste. „Aber das war doch eigentlich ein ganz guter Traum."

Professor Ambrosius schaute ihn verwundert an. „Findest du?" Er putzte die Brille kurz mit dem Tischtuchzipfel – eine Angewohnheit, die seine Haushälterin Frau Schneider nicht leiden konnte. Aber sie war ja im Moment nicht im Zimmer.

„Es ist eine tolle Idee", meinte Michael. „Willst du nicht wirklich ein Zeitreisebüro eröffnen? Du würdest sicher wahnsinnig viel Geld verdienen."

Der Professor runzelte die Stirn. „Glaubst du, ich bin verrückt? Erstens könnte ich nicht ausschließen, daß die Reisenden mit der Zeitmaschine Unfug anstellen, und zweitens ..." Er verstummte und verlor sich in Gedanken.

„Was ist mit zweitens?" ermunterte Heike ihren Großonkel.

„Zweitens habe ich geträumt, daß Frau Schneider Geschäftsführerin war", entgegnete der Professor finster. „Sie war meine Chefin."

In diesem Augenblick kam die Haushälterin mit einem Tablett zur Tür herein.

„Was guckt ihr denn alle so komisch?" fragte sie. Sie stellte das Tablett ab und fing an, Kaffee auszuschenken. „Haben wir heute nicht phantastisches Wetter? Man bekommt direkt Lust zu verreisen!"

Michael verschluckte sich an einem Müslikrümel, und Heike drosch ihrem Bruder kräftig auf den Rücken.

„Willst du mich umbringen?" beschwerte sich dieser. „Hör auf, es reicht!"

Heike gehorchte.

„Ihr solltet heute wirklich einen Ausflug machen", schlug Frau Schneider vor. „Wenn ihr wollt, dann richte ich euch die Sachen für ein Picknick. Das Wetter soll den ganzen Tag über so schön bleiben. Erst für den Abend sind vereinzelte Gewitter gemeldet."

„Hm, kein schlechter Vorschlag", meinte Michael. „Wo soll's denn hingehen? Moment, heute ist Montag, da wäre also das alte Ägypten an der Reihe …"

Heike stieß ihn so heftig in die Rippen, daß er fast vom Stuhl fiel.

„Du bist ja richtig gemeingefährlich geworden", beschwerte sich Michael. „Ich werde einen Leibwächter beantragen, jawohl!"

In diesem Augenblick ertönte die Türklingel.

„Nanu, wer kann das sein?" wunderte sich Professor Ambrosius. „Wer will denn so früh am Morgen zu uns?"

„Der Kaminkehrer oder die Post", erwiderte Frau Schneider. „Bleiben Sie ruhig sitzen, Herr Köhler, ich mach' schon auf."

Sie schwebte hinaus.

„Du bist ein ausgemachter Trottel", schnauzte Heike ihren Bruder an. „Wie kannst du so was zu Frau Schneider sagen? Willst du, daß sie die Sache mit der Zeitmaschine herausfindet?"

„Warum nicht?" gab Michael zurück. „Sie könnte uns dann immer die Butterbrote für unsere Zeitreisen schmieren."

„Und die Voranmeldungen notieren", ergänzte der Erfinder mit geistesabwesendem Blick. „Das Geld kassieren und gewinnbringend anlegen. Und mich für einen Hungerlohn schuften lassen bis zum Umfallen." Er schüttelte sich. „Oh, wie entsetzlich!"

Heike legte beruhigend ihre Hand auf seinen Arm. „Es war doch nur ein Traum."

„Manchmal werden Träume auch Wirklichkeit." Der Professor seufzte. „Ich werde jedenfalls alles tun, was in meiner Macht steht, um dies zu verhüten. – Ja, Frau Schneider, was gibt's?" fragte er, denn die Haushälterin polterte von draußen an die Tür.

„Kann mir mal jemand die Tür aufmachen?“ erklang Frau Schneiders Stimme.

Thomas sprang auf und öffnete.

Die Haushälterin trug ein großes Paket. „Das ist für Sie“, erklärte sie und setzte ihre Last aufatmend auf einem Stuhl ab. „Es stammt aus Indien.“

„Aus Indien?“ Professor Ambrosius zog die Augenbrauen hoch. „Wieso denn das?“

„Warum fragen Sie mich?“ beschwerte sich Frau Schneider. „Ich weiß doch nicht, was Sie bestellt haben.“

„Ich habe überhaupt nichts bestellt“, erwiderte der Erfinder verblüfft. „Schon gar nicht aus Indien.“

Frau Schneider hob zweifelnd die Schultern. Der Professor bekam häufig Post aus allen möglichen Ländern der Welt. Oft brauchte er für seine Erfindungen und Experimente spezielle Teile, die in Deutschland nicht erhältlich waren. Daß von weither ein Paket eintraf, war also nichts Ungewöhnliches, und daß sich der Professor nicht daran erinnern konnte, schob Frau Schneider auf seine Zerstreutheit.

„Na, pack schon aus“, drängte Michael und machte einen langen Hals.

Heike knuffte ihn in die Rippen. „Sei doch nicht so neugierig! Vielleicht hat sich Onkel Ambrosius einen seidenen Morgenmantel schicken lassen, den wir nicht sehen sollen.“

„Ihr werdet gleich sehen, daß es *kein* Morgenmantel ist“, sagte der Professor grimmig und zog sein Taschenmesser aus der Hosentasche, um damit das Paket aufzuschlitzen.

„Volle Deckung!“ meinte Michael. „Falls eine Paketbombe drin ist.“

„Oder eine Kobra“, sagte Heike bissig.

Michael grinste. „Die wär’ doch unterwegs längst verhungert.“

„Wenn sie vorher richtig gefuttert haben, können es Schlangen jahrelang ohne Nahrung aushalten, du Schlaukopf“, gab Heike zurück.

Zuerst kam zerknülltes Papier zum Vorschein. Dann nochmals Papier. Es häufte sich auf dem Tisch und dem Fußboden.

„Haha, eine Schwindelpackung", meinte Michael.

„Vielleicht ist ein Skorpion drin", sagte Heike. „Klein, aber fein."

Michael schüttelte den Kopf. „Es ist bestimmt kein Skorpion. Sonst hätten sie das Paket ja an dich adressiert."

„Sehr witzig", giftete Heike.

Endlich wurde der Professor fündig. Seine Hände ertasteten inmitten des raschelnden Seidenpapiers einen harten Gegenstand.

„Nanu, was ist denn das?"

Es war ein kleiner, hölzerner Elefant.

„Solchen Kitsch hab' ich bestimmt nicht bestellt", murmelte der Erfinder und stellte die Schnitzarbeit auf den Tisch, um sie zu betrachten.

Jede Einzelheit war genau ausgeführt, die Zügel, die winzigen Trotteln, der Schmuck. Es mußte eine mühselige Arbeit gewesen sein.

„Der Elefant ist bestimmt aus Tropenholz", meckerte Michael. „Schick ihn zurück. Wenn du ihn behältst, dann machst du dich mitschuldig an der Zerstörung der Regenwälder, weil du die Holz-Mafia unterstützt."

„Da ist noch ein Brief dabei", stellte Heike fest und fischte zwischen dem Seidenpapier einen Umschlag heraus.

„Sicher schreibt mir jemand, daß ich mich für die indischen Künstler einsetzen soll", vermutete der Erfinder.

Der Umschlag war handbeschrieben und noch einmal mit der Adresse des Professors versehen. Das Kuvert war sogar versiegelt.

Anscheinend wollte der Schreiber sichergehen, daß kein anderer als der Professor den Umschlag öffnete.

Michael schnupperte geräuschvoll. „Weißt du was? Das riecht geradezu nach einem Geheimnis, findet ihr nicht?"

Der Professor nahm den Umschlag an sich. Als er aufschaute, bemerkte er, daß er von vier Personen neugierig angestarrt wurde. Er preßte das Kuvert an seine Brust. „Nichts da! Ich geh' ins Schlafzimmer und mache den Brief dort auf."

Auf Frau Schneiders Gesicht spiegelte sich Enttäuschung. Zu gerne hätte sie erfahren, welch wichtige Botschaft in dem Brief stand. Die Kinder übrigens auch. Es paßte ihnen gar nicht, daß der Erfinder mit dem Schreiben abzog. Aber Professor Ambrosius blieb unerbittlich. Er war schon an der Tür, als er sich noch einmal umdrehte und den Elefanten schnappte.

„Den da nehme ich besser auch mit."

„Er traut uns nicht", sagte Heike wütend. „Dabei sollte er uns doch längst besser kennen."

„Wenn es darauf ankommt, können wir schweigen wie ein Grab", meinte Michael. „Nicht wahr, Frau Schneider?"

Die Haushälterin gab keine Antwort. Mit zusammengepreßten Lippen räumte sie das Frühstücksgeschirr ab.

„Frau Schneider kann sogar wie eine *Gruft* schweigen", sagte Michael spitz. „Kommt, wir gehen in den Garten. Hier ist die Luft so dick, daß man ersticken muß!" Er griff sich an den Hals.

Schnüffler am Werk!

„Ich finde es gemein, daß Onkel Ambrosius uns nicht eingeweiht“, beschwerte sich Heike und setzte sich auf die Stufen der Terrassentreppe. Sie streichelte Moorteufels schwarzes Fell. Der Labradorhund ließ die Zunge heraushängen. Es herrschte eine wahnsinnige Hitze.

„Nun, er findet eben diesmal, daß es uns nichts angeht“, gab Thomas zurück. „Es gibt halt auch ganz persönliche Dinge.“

„Ach ja?“ Heike strich ihre Haare zurück. „Ich dachte immer, er vertraut uns! Haben wir ihn nicht schon zigmal aus der Klemme geholfen, wenn er in seiner Dusseligkeit irgendwo reingeraten ist?“

Das waren harte Worte, aber Heike war geladen. Sie

hatte das Gefühl, gleich platzen zu müssen. Sicher übertrug sich die schwüle Gewitterstimmung auf ihr Gemüt. Doch sie fand es wirklich ungerecht. Hatten sie nicht schon unzählige Abenteuer zusammen erlebt? Wie oft hatten sie einander ihre Sorgen und Ängste gestanden! Und jetzt stellte sich der Professor wegen eines Holzelefanten so an! Heike schnaubte vor Wut. Zu gern hätte sie erfahren, was in dem Brief stand.

„He", sagte Michael und beschirmte seine Augen, „da sind zwei Männer vorm Haus. Stehen rum und gucken so komisch. Ich hab' ein blödes Gefühl. Ich glaube, die wollen was."

„Vielleicht sind es Staubsaugervertreter", meinte Heike. Sie rutschte von der Treppe und lugte um die Hausecke, um die Männer zu begutachten.

Der lange Dünne war bebrillt und hatte eine Stirnglatze. Der andere reichte seinem Kollegen nur bis zur Schulter. Sein Bierbauch konnte sich sehen lassen. Der Dicke unternahm einen verzweifelten Versuch, den Hosenbund korrekt hochzuziehen. Vergebliche Liebesmüh! Der Gürtel rutschte sofort wieder weit unter den Nabel.

„Das ist eine ganz gewöhnliche Art von *Galanthus nivalis*", sagte der Mann mit Brille. „Blütezeit normalerweise von Februar bis März."

„Er meint unsere Schneeglöckchen", flüsterte Michael.

Bei den Zeitexperimenten des Professors war die Pflanzenwelt im Vorgarten etwas durcheinander geraten. Schneeglöckchen und Flieder blühten zur Unzeit, nämlich mitten im Sommer.

„Der Flieder ist auch nicht ganz echt", murmelte der Dicke und klappte sein Notizbuch auf.

„*Syringa vulgaris*", diktierte der Bebrillte. „Farbe lila. Blütezeit normalerweise April bis Mai. – Sehr ungewöhnlich! Es sind keine besonderen Züchtungen, sondern Pflanzen, wie man sie in vielen Hausgärten findet."

„Und warum blühen sie jetzt?" fragte der Dicke.

„Genau das will ich herausfinden. Vielleicht liegt es an der

Erde. Können Sie mir bitte die Reagenzgläschen für die Bodenproben reichen?"

Der Dicke klappte seine Aktentasche auf und holte einige Glasröhrchen heraus.

„Los, Leute, es ist Zeit einzugreifen", zischte Michael.

Entschlossen ging er um die Hausecke herum, stemmte die Hände in die Hüften und räusperte sich laut.

„Hallo, Kinder", sagte der Dicke, während der Dünne auf dem Boden kniete und mit einem kleinen Metallöffel Erde in die Röhrchen füllte.

„Können wir Ihnen irgendwie behilflich sein?" fragte Michael herausfordernd.

„Haben Sie Ihre Kontaktlinsen verloren?" ergänzte Heike.

Thomas deutete aufs Nachbarhaus. „Falls Sie Ostereier suchen, versuchen Sie's lieber dort. Die haben noch welche übrig, wie ich gehört habe."

Der Dünne richtete sich zu seiner ganzen Länge auf. „Wir kommen aus Stuttgart und sind im Auftrag des botanischen Instituts hier. Wir untersuchen das Verhalten einheimischer Pflanzen unter ungewöhnlichen Bedingungen. Ich weiß, eigentlich hätten wir erst fragen müssen, ob wir Bodenproben entnehmen dürfen. Entschuldigung, daß wir einfach damit angefangen haben."

„Wir entschuldigen grundsätzlich gar nichts", erklärte Michael und verschränkte die Arme. „Wer garantiert uns, daß Sie hier keinen Sprengsatz installieren? Oder die Beute von einem Bankraub verstecken?"

„Ihr seid ja kleine Witzbolde." Der Dicke lachte. „Ihr guckt euch wohl zu viele Krimis im Fernsehen an, wie?"

„Können Sie sich wenigstens ausweisen?" wollte Thomas wissen.

Umständlich fummelte der Dicke eine Karte heraus. Der Dünne fischte in seiner Jackentasche und brachte einen Briefbogen zum Vorschein, auf dessen Kopf die Adresse des botanischen Instituts stand.

„Zufrieden?“

„Nö“, antwortete Michael und grinste. „Kann ja jeder kommen und hier einfach Erde wegschaufeln. Nachher ist da ein Riesenloch im Garten. Was glauben Sie, was uns Onkel Ambrosius erzählt? Der springt im Dreieck, das kann ich Ihnen flüstern.“

„Wir nehmen nur ein paar kleine Bodenproben“, versicherte ihm der Dünne und rücke sichtlich nervös an seiner Brille. „Vielleicht läßt sich herausfinden, was die Pflanzen zum Blühen gebracht hat.“

„Zum Beispiel zuviel Stickstoff im Boden“, warf der Dicke ein.

„Oder eine zu hohe Kalkkonzentration“, sagte der andere.

„Ungleichgewicht der Mineralien.“

„Erhöhte Ozonwerte.“

„Versteckte Radioaktivität.“

„Das hört sich ja immer schlimmer an“, stellte Michael fest.

„Haben Sie schon mal die Möglichkeit in Betracht gezogen, daß sich die Pflanzen bloß in der Jahreszeit geirrt haben?“

„???“

„Na ja“, fuhr Michael fort. „Pflanzen sind schließlich auch nur Lebewesen, oder?“

Die beiden Männer schauten sich an und nickten dann in einträchtiger Ratlosigkeit. Der Dünne korkte die Bodenproben zu, und sein Kollege verstaute die Röhrchen in seiner Tasche. Dann verabschiedeten sich die beiden sehr schnell.

Michael blickte ihnen nach, wie sie über die Straße zu einem dunkelblauen Wagen gingen. Das Auto besaß ein Stuttgarter Kennzeichen.

„Das gefällt mir nicht“, brummte der Junge und bewegte matt die Hand, als der Dicke ihm vom Auto zuwinkte. „Kann ja sein, daß sie tatsächlich im Auftrag des Instituts kommen, aber ich habe das Gefühl, daß die beiden uns noch eine Menge Ärger machen können. Wenn sie in den Proben tatsächlich etwas Ungewöhnliches feststellen und dann anfangen, Onkel Ambrosius mit Fragen zu löchern!"

„Wenn sie ihm zu lästig werden, dann kann er sie ja mit der Zeitmaschine in die fünfte Dimension schicken", schlug Thomas vor.

Heike schüttelte vorwurfsvoll den Kopf. „Du weißt genau, daß das keine Lösung ist." Sie krauste die Stirn. „Onkel Ambrosius muß sich eine gute Ausrede einfallen lassen, falls sie wiederkommen und ihn über den Flieder und die Schneeglöckchen ausquetschen."

Michaels Gesicht erhellte sich. „Er kann ihnen ja erzählen, daß Frau Schneider einmal an dieser Stelle Bohnensuppe ausgekippt hat, und seither spinnen die Pflanzen!"

„Dann wollen sie garantiert das Rezept!"

„Das steht doch bestimmt in ihrem Kochbuch."

In diesem Augenblick wurde im ersten Stock des Hauses ein Fenster geöffnet, und der Professor hielt den Kopf heraus.

„Weiß einer von euch zufällig, was *mortal hour* bedeutet?"

„*Mortal hour?*" wiederholte Michael.

„Das ist Englisch", sagte Heike.

„Natürlich ist es Englisch", schrie der Professor von oben. „Der ganze Brief ist in Englisch abgefaßt, das ist ja das Problem. Bis jetzt bin ich noch einigermaßen durchgestiegen. Bloß bei *mortal hour* bin ich mir nicht sicher."

„Ich glaube, es heißt auf deutsch *Todesstunde*", erwiderte Heike zögernd.

„Mein Gott!" rief der Professor entsetzt und knallte das Fenster zu.

Ein tödliches Experiment

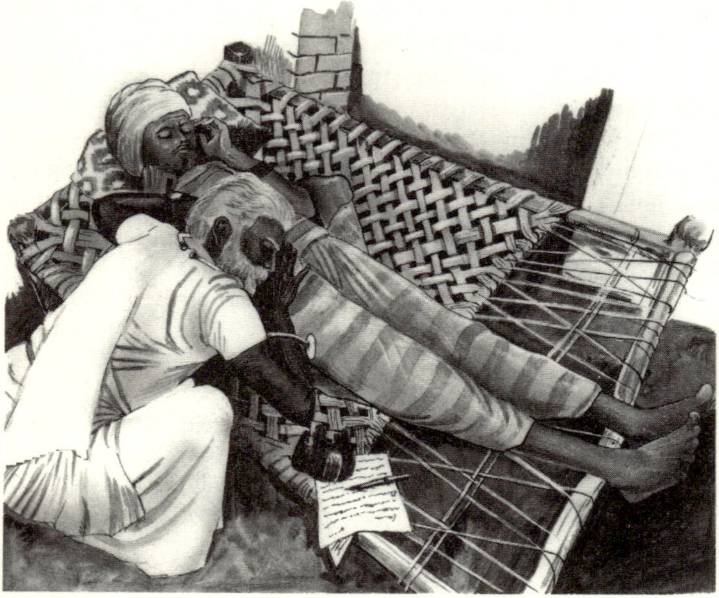

„Was ist denn los?“ fragte Frau Schneider, als Heike, Thomas und Michael an ihr vorbeistürzten. Sie war gerade dabei, die Zimmerpflanzen zu gießen. Vor Schreck ertränkte sie fast einen Kaktus.

„Wenn wir das wüßten, hätten wir's nicht so eilig“, murmelte Michael und trampelte hinter den anderen die Treppe in den ersten Stock hinauf.

„In diesem Haus bekommt man nie eine vernünftige Antwort“, rief Frau Schneider ihm hinterher. Da flutschte Moorteufel haarscharf an ihr vorbei und hechtete ebenfalls die Treppe hoch.

„Hilfe! Noch so ein Verrückter!“

Als die Kinder an die Schlafzimmertür klopften, ertönte

drinnen ein mattes „Herein!“

Professor Ambrosius saß auf der Bettkante. Auf dem Nachttisch stand der hölzerne Elefant. Die Hände des Erfinders zitterten so sehr, daß der Briefbogen knisterte.

„Das darf alles nicht wahr sein!“

„Was? Erzähl endlich!“ drängte Michael. „Was steht in dem Brief?“

„Diese verdammte Zeitmaschine! Ich wußte, daß sie eines Tages mein Untergang ist!“ Professor Ambrosius stöhnte und barg seinen Kopf in den Händen.

Thomas vergewisserte sich, daß Frau Schneider nicht nachgekommen war, dann schloß er sorgfältig die Tür.

Heike hockte sich neben ihren Großonkel und umfaßte tröstend seinen Rücken. „Wir möchten dir gerne helfen, wirklich.“

Professor Ambrosius schien am Boden zerstört zu ein. Er war mit seinen Nerven völlig am Ende. Offenbar hatte der Brief seinen empfindlichsten Punkt berührt: die Zeitmaschine.

„Aber was hat denn der Holzelefant mit deiner Erfindung zu tun?“ wollte Michael wissen. Er kniete sich vor den Nachttisch und beäugte die Schnitzerei, als könne er so das Geheimnis ergründen.

„Es ist doch nur ein Stück Holz“, bemerkte Thomas.

„Tropenholz“, korrigierte Michael.

Professor Ambrosius stöhnte. „Der Elefant ist viel älter, als er aussieht. Das ist das Problem.“

Das war eine dürftige Erklärung. Die Kinder starrten den Erfinder neugierig an und warteten auf Ergänzungen.

Professor Ambrosius wendete den Brief in den Händen. „Am besten fange ich von vorne an. Dieses Schreiben stammt von einem indischen Arzt. Er hat es in der Todesstunde seines Patienten verfaßt.“

Heike spürte, wie ein Schauder über ihren Rücken lief. Die Andeutungen waren unheimlich.

„Der Patient hat früher bei mir Physik studiert“, fuhr der

Professor fort. Er setzte seine Brille ab und rieb sich die müden Augen. „Ich kann mich schwach an diesen indischen Studenten erinnern. Groß, dunkle Augen, schwarzes Haar ... Immer sehr aufgeschlossen und interessiert. Er war einer der wenigen Studenten, die mir wirklich zuhörten, wenn ich etwas erzählte. Er ging später nach Indien zurück, und ich habe ihn aus den Augen verloren. In der ersten Zeit kamen noch ab und zu Briefe oder Ansichtskarten. Ich gestehe, ich hatte zu jener Zeit meine eigenen Probleme. Damals hatte ich gerade den großen Krach mit dem Rektor der Universität ... Eine üble Sache ...“ Schmerzlich verzog sich sein Gesicht. „Reden wir nicht mehr davon! Was vorbei ist, ist vorbei. – Tja, jedenfalls muß es diesem Inder gelungen sein, eine Art Zeitmaschine zu bauen.“

Michael stieß vor Überraschung die Luft aus. „Mann, dann bist du ja nicht mehr der einzige!“

Heike wußte auch nicht, wie sie die Neuigkeit aufnehmen sollte. Diese Eröffnung machte sie einfach platt.

„Daß Zeitmaschinen häufig nicht so funktionieren, wie sie sollen, haben wir ja schon erlebt“, erzählte der Erfinder weiter. „Auch die Maschine meines Ex-Studenten hatten offenbar ihren eigenen Kopf. Viele Experimente gingen schief. Der Inder begnügte sich schließlich damit, Gegenstände verschwinden und wieder auftauchen zu lassen.“ Professor Ambrosius räusperte sich. „Dazu muß ich sagen, daß der Student schon damals große Verantwortung gezeigt hat. Er war sich auch der Gefahren bewußt, die in Zeit-Experimenten stecken. Es war wissenschaftliche Neugier, die ihn zu seinen Versuchen trieb – nicht die Gier, sich mit Schätzen aus der Vergangenheit zu bereichern.“

Sein Blick wanderte wieder zu dem Holzelefanten auf dem Nachttisch.

„Bei seinem letzten Versuch ist dann etwas schiefgelaufen. Die Apparatur muß durchgeschmort sein, oder weiß der Kuckuck, was passiert ist. Der Holzelefant tauchte aus der Vergangenheit auf – und der Inder wurde durch das entstandende Zeitfeld schwer verletzt.“ Die Stimme versagte dem Professor. Es bereitete ihm Mühe, weiterzusprechen. „So schwer, daß er schließlich starb. Es blieb ihm noch Zeit genug, vom Sterbebett aus einige Anweisungen zu geben. So trug er dem Arzt auf, mir diesen Brief zu schreiben und mir den Holzelefanten zu schicken. Es war sein Wunsch, den Elefanten wieder in die richtige Zeit zurückzubringen. Er meinte, der einzige Mensch, dem dies gelingen könnte, sei ich.“

Nachdem der Professor geendet hatte, trat eine Pause ein. Die Kinder waren wie erschlagen von der Geschichte.

Michael hatte sich als erster wieder gefaßt. „Und?“ fing er an. „Meinst du, du kannst den Elefanten tatsächlich dorthin zurückbringen, woher er stammt?“

„Michael“, regte sich der Professor auf, „ich glaube, du begreifst nicht, worum es geht. Wegen mir ist ein Mensch gestorben! Ich bin ein Mörder! Vor euch sitzt ein Verbrecher!“ Er schluchzte auf.

„Aber warum denn?“ Fassungslos starrte Michael seinen Großonkel an. „Du hast ihn doch nicht umgebracht. Es war ein Unfall!“

„Aber es geschah durch meine Schuld“, beharrte der Professor und wischte sich schniefend übers Gesicht. „Es war mein Unterricht, der ihn auf den Gedanken gebracht hat, sich mit dem Phänomen Zeit zu beschäftigen. Es waren meine Anregungen, die er aufgegriffen hat! Oh, ich Narr!“

„Aber Onkel Ambrosius“, versuchte Heike den Erfinder zu beruhigen. „Das ist doch schon Jahre her. Es stimmt, der Student ist durch dich auf die Idee gekommen, aber gebaut hat er die Zeitmaschine doch ganz allein! Er hat sich alles selbst ausgedacht! Daran bist du nicht schuld! Du kannst die Menschen doch nicht am Denken hindern, oder?“

„Das ist wahr“, pflichtete ihr Thomas bei. „Es war seine eigene Entscheidung. Und er hat bestimmt gewußt, daß er mit gefährlichen Sachen experimentiert.“

Professor Ambrosius seufzte tief. „Es ist ganz lieb, wie ihr mich zu trösten versucht. Vielleicht mache ich mir tatsächlich zu viele Vorwürfe. Aber ein Teil der Schuld trifft mich, das könnt ihr mir nicht ausreden. Der Inder hat meine Theorien geglaubt. Er war überzeugt davon, daß ich recht haben muß. Deswegen hat er weitergeforscht. Und deswegen ist es ihm auch gelungen, eine Art Zeitmaschine zu bauen." Er schniefte wieder. Heike reichte ihm ein Taschentuch, in das er sich anklagend schneuzte.

„Du darfst dir das alles nicht so zu Herzen nehmen", meinte sie.

„Wirklich nicht", bekräftigte Michael. Er schaute zu Heike und Thomas. „Es liegt an der Zeitmaschine. Bei dem Thema sieht Onkel Ambrosius einfach rot und kann alles, was damit zusammenhängt, nicht mehr sachlich beurteilen. – Onkel Ambrosius, du leidest hochgradig an einem ZMT."

„ZMT?" wiederholte der Professor mit schwacher Stimme.

„Zeit-Maschinen-Tick", betonte Michael. „Die Symptome sind unkontrollierte Wutanfälle und beginnender Verfolgungswahn. Die Vernunft bleibt auf der Strecke, und der Patient neigt dazu, sich selbst und anderen ständig Vorwürfe zu machen."

„Es sind reizende Sachen, die du mir da an den Kopf wirfst", erklärte Professor Ambrosius, doch unwillkürlich mußte er schmunzeln. „Ist es wirklich so schlimm mit mir?" fragte er dann.

„Manchmal schon", mußte Heike zugeben.

„Aber meistens bist du erträglich", lenkte Michael ein.

Thomas kam aufs Thema zurück. „Was machen wir jetzt mit dem Elefanten?" fragte er und griff nach der Schnitzarbeit.

„Ich werde ihn von Archie analysieren lassen", sagte der Professor. „Vielleicht kann er herausfinden, aus welchem Jahrhundert der Elefant stammt und welcher Künstler ihn geschnitzt hat."

Archie war der Computer der Zeitmaschine. Sein Elektronengehirn war vollgestopft mit allen möglichen Daten und Fakten. Außerdem war Archie eine Künstliche Intelligenz und konnte selbständige Entscheidungen treffen. Unter anderem entschied er sich sehr oft dafür, beleidigt zu sein, wenn ihm etwas nicht paßte oder wenn Professor Ambrosius ihn grob angefaucht hatte.

„Und wenn Archie die richtige Zeit bestimmt hat?“ wollte Michael wissen.

„Dann bringen wir den Holzelefanten in die Vergangenheit zurück“, sagte der Professor. Er kam der Frage der Kinder zuvor. „Ja, ihr könnt dann selbstverständlich mitkommen. Andernfalls gebt ihr ja doch keine Ruhe, wie ich euch kenne.“

„Du kennst uns gut.“ Heike grinste.

Professor Ambrosius griff noch einmal zu seinem Brief und überflog die Zeilen. „Armer Aziz“, murmelte er dann. „Du hast wahrhaftig Besseres verdient als so ein tragisches Schicksal. – Ich werde dem Arzt schreiben und fragen, ob Aziz Frau und Kinder gehabt hat. Vielleicht kann ich etwas für sie tun und auf diese Weise meine Schuld wenigstens ein bißchen gut machen.“

Archie groß in Form

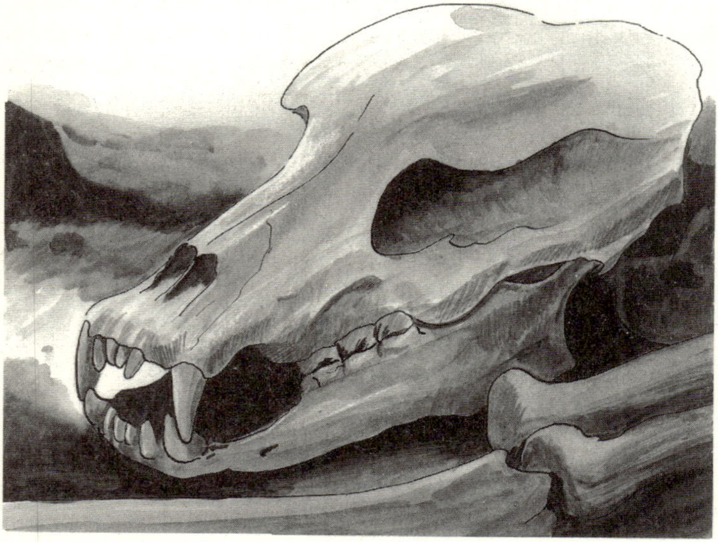

Die Kinder und der Professor waren unterwegs zur Tropfsteinhöhle, als Heike etwas einfiel. Sie hatte ganz vergessen, dem Erfinder von den seltsamen Männern zu erzählen, die am Morgen dagewesen waren. Wie erwartet, war Professor Ambrosius überhaupt nicht begeistert.

„Botaniker! Bodenproben! Das hört sich nach Ärger an.“ Eine Falte erschien auf seiner Stirn, wie immer, wenn ihm ein Problem Kopfschmerzen bereitete. „Als ob ich nicht schon genug Sorgen habe! Wenn ich das geahnt hätte! Ich hätte den Flieder und die Schneeglöckchen längst herausreißen sollen! Aber ich bin nun mal ein Pflanzenfreund …“

„Läßt sich ja noch nachholen“, meinte Michael.

„Quatsch! Wir brauchen die Blüten ja bloß abzuschneiden“, schlug Heike vor. „Bei den Schneeglöckchen zupfen wir die verblühten Teile ab, dann sieht alles ganz normal aus, und kein Mensch merkt mehr etwas.“

„Weidenkätzchen blühen manchmal schon im Dezember“, erinnerte sich Thomas. „Und gelegentlich kommt es vor, daß ein Kirschbaum zweimal im Jahr blüht. Alles schon dagewesen. Ich finde, deswegen brauchen Sie sich keine grauen Haare wachsen zu lassen, Professor Köhler!“

„Die habe ich sowieso schon.“ Der Erfinder seufzte und fuhr sich durch den Haarschopf. Der war durch und durch grau. Außerdem waren die Haare schon wieder zu lang, wie Professor Ambrosius zu seinem Leidwesen feststellte. Zum Frisör ging er nämlich höchst ungern, weil dieser ihm immer die Ohren mit fürchterlichem Klatsch vollschwatzte. „Und hör endlich auf, mich so förmlich mit Professor Köhler anzureden. Das erinnert mich an meine Uni-Zeit, und die möchte ich gerne vergessen.“ Er schluckte. „Besonders jetzt.“

„Wie soll ich denn sonst zu Ihnen sagen?“ Thomas war ratlos.

„Nenn mich Ambrosius. Und das ‚Sie‘ kannst du dir auch schenken. Wir kennen uns jetzt schon so lange, du könntest glatt mein Enkel sein.“

Michael stieß Heike heimlich an und grinste. Es kam selten vor, daß der Professor so zugänglich war. Daß er Thomas das „Du“ angeboten hatte, fanden die Geschwister völlig in Ordnung. Thomas mußte sich erst daran gewöhnen. „Okay, Ambrosius.“ Er lächelte schief. „Ich werde mir in Zukunft alles verkneifen, was sich nach Professor oder Prof anhört.“

„So ist's recht“, lobte ihn Professor Ambrosius.

Inzwischen hatten sie den alten Steinbruch erreicht. Als sie sich durch den Eingang hinter der schiefgewachsenen Fichte zwängen wollten, sagte Michael auf einmal:

„Oh, schaut mal, da ist jemand.“

Er deutete nach oben. Ein rotbraunes Eichhörnchen saß im Wipfel und äugte mißtrauisch herunter.

„Herrje, du Lausebengel, willst du, daß ich einen Herzinfarkt bekomme?“ schimpfte der Erfinder. „Ich dachte schon, es hätte wirklich jemand die Höhle entdeckt.“

Bisher hatte die Öffentlichkeit noch keinen Wind von diesem Naturdenkmal bekommen. Professor Ambrosius legte auch keinen Wert darauf, daß alljährlich Tausende von Touristen in die Höhle strömten und jeden Tropfstein fotografierten. Nicht, weil er ihnen die Sehenswürdigkeiten nicht gönnte, sondern weil er sich sonst einen anderen Platz für die Zeitmaschine hätte suchen müssen. Um vor unerwünschten Besuchern sicher zu sein, hatte der Erfinder ein Warnsystem in der Höhle installiert.

„Bitte identifizieren Sie sich“, ertönte es deswegen aus einem Deckenlautsprecher, nachdem sie ein Stück in die Höhle eingedrungen waren.

„Wir sind's bloß, Archie“, antwortete der Professor.

„Immer dasselbe!“ stöhnte die Computerstimme. „Hier passiert nie etwas Interessantes. Kein Fremder verirrt sich hierher!“

„Na, zum Glück!“ entrüstete sich Professor Ambrosius.

„Aber es ist *langweilig*!“ beschwerte sich Archie. „Einen Fremden könnte ich wenigstens rauswerfen. SCHER DICH FORT UND ZWAR SOFORT! – Aber so! Jeder einfache Rechner kann solche Kontrollaufgaben übernehmen. Ich bin unterfordert. Diese blöde Stimmkontrolle ...“ Archie schnaubte. Dann äffte er sich selbst nach. „Bitte integrieren Sie sich. – Bitte inspizieren Sie sich. – Bitte multiplizieren Sie sich.“

„Ach, Archie, es gehört nun mal dazu“, meinte Professor Ambrosius. „Was würdest du denn lieber machen?“

„Gedichte“, kam es wie aus der Pistole geschossen aus dem Lautsprecher.

„Wenn die Alarmanlage bimmelt,
ist der Computer längst verschimmelt.“

Professor Ambrosius seufzte. Archie war in manchen Momenten wirklich sehr schwierig. Meistens kam man ja ganz gut mit ihm aus. „Archie, wir haben diesmal ein großes Problem", kündigte der Erfinder an. „Es erfordert deine ganze Intelligenz und Kombinationsgabe."

„Hei, da funkeln meine Relais!" freute sich der Computer. „Das entzückt meinen Arbeitsspeicher und bringt die Daten zum Tanzen. Worum geht's denn?"

„Das sagen wir dir, sobald wir in der Halle sind", antwortete der Erfinder.

„Okay", erklang es ein wenig enttäuscht aus dem Lautsprecher. „Solange kann ich mich noch gedulden. ABER NICHT LÄNGER!"

Michael tippte sich verstohlen an die Stirn. „Heute spinnt er mal wieder", flüsterte er seiner Schwester zu.

Sie kamen an der riesigen Tropfsteinsäule vorbei und erreichten dann die natürliche Treppe, die in die große Halle führte. Am versinterten Bärenskelett blieb Professor Ambrosius stehen und stutzte.

„Täusche ich mich, oder liegen die Knochen anders da als beim letzten Mal?" Er krauste die Stirn. „Hat da jemand rumgefummelt?"

„Die sehen doch aus wie immer", widersprach Heike.

Professor Ambrosius schüttelte den Kopf. „Dann habe ich mich eben geirrt. – Hach, langsam glaube ich, daß Michael recht hat und ich tatsächlich an einem ZMT leide. Diese Botaniker gehen mir nicht aus dem Kopf. Die Sache beunruhigt mich. Wenn sie nun weiter rumschnüffeln und die Höhle mit der Zeitmaschine entdecken ..."

Michael hakte sich unter. „Dann nehmen wir sie zu einer Spazierfahrt mit und lassen sie im Garten Eden die Pflanzen bestimmen. Das ist eine Lebensaufgabe."

„Gute Idee", brummte der Professor.

Wenig später standen sie vor der großen Computeranlage in der Tropfsteinhalle. Auf der kleinen Insel, die von zwei Armen des Höhlenflusses gebildet wurde, flimmerte die

Luft in allen Regenbogenfarben – ein Zeichen, daß sich die Zeitmaschine gerade in der fünften Dimension befand. Heike seufzte leise. Dieser Anblick löste bei ihr jedesmal ein Kribbeln in der Magengegend aus.

„Pack aus", befahl der Professor seinem Großneffen.

Michael holte aus einer Stofftasche den indischen Elefanten. Er hatte ihn gut in einen weichen Schal eingewickelt, damit die feinen Schnitzereien unterwegs nicht beschädigt wurden.

„Dieser Elefant wurde mir heute zugeschickt", erzählte der Professor dem Computer. „Er kommt aus Indien. Geschnitzt wurde er allerdings nicht erst vor ein paar Wochen, sondern schon vor Jahrhunderten. Die genaue Zeit hätten wir gerne von dir erfahren."

Daß Archie aufmerksam zuhörte, zeigte sich daran, daß einige Lämpchen zu flackern anfingen.

„Warum befragen Sie keinen Antiquitätenhändler?" kam es dann ein wenig aufmüpfig aus dem Lautsprecher. „Der kann gleich den Wert feststellen!"

Professor Ambrosius knirschte mit den Zähnen. „*Lieber* Archie, bitte glaube mir, es geht mir nicht darum, ein altes Stück schätzen zu lassen. Normalerweise mache ich mir nichts aus Antiquitäten. Ich bin auch kein Mensch, der wurmstichige Kommoden sammelt und dann noch schrecklich stolz darauf ist. Du weißt ganz genau, daß mir solche Dinge herzlich egal sind."

„Ihre wahren Interessen liegen woanders", sagte Archie salbungsvoll. „Sie haben sich mit Leib und Seele der Wissenschaft verschrieben."

„Genau", antwortete der Professor. „Ich könnte gut von meiner Pension leben und meine Tage mit Zeitunglesen verbringen, anstatt mich mit ungelösten physikalischen Rätseln herumzuplagen. Was bin ich nur für ein alter Trottel!"

Die Kinder kicherten.

„Sie sind kein alter Trottel", empörte sich Archie. „Sie sind schließlich mein Schöpfer!"

„Das eine schließt das andere nicht aus“, meinte der Erfinder, fühlte sich aber von Archies Worten geschmeichelt. „Bist du nun so liebenswürdig und schaust dir den Elefanten an? Er ist keine Antiquität, jedenfalls keine normale. Der Holzelefant wurde durch ein Zeitexperiment aus der Vergangenheit geholt.“

„Oh“, sagte Archie harmlos, „haben Sie wieder mal Mist gebaut?“

Jetzt explodierte der Professor. „Was heißt hier *Mist*? Und was willst du mit *wieder mal* sagen? Noch so eine unqualifizierte Bemerkung, und ich lasse dich verschrotten!“

Alle Lämpchen erloschen. Der mittlere der drei Bildschirme ging an. Darauf erschien folgender Text:

WER COMPUTER BELEIDIGT ODER ERPRESST,
WIRD MIT EINER FREIHEITSSTRAFE
VON MINDESTENS ZEHN JAHREN BESTRAFT.

Professor Ambrosius hielt sich stöhnend die Stirn. „In Ordnung, Archie, du hast gewonnen“, sagte er matt. „Ich möchte keinen Streit. Das halten meine Nerven im Moment nicht aus. Ich will bloß noch anfügen, daß diesmal ausnahmsweise ein anderer Mist gebaut hat und nicht ich. Dieser Mensch hat das Experiment teuer bezahlen müssen – nämlich mit dem Leben.“

„Das tut mir aufrichtig leid“, sagte Archie leise. „Bitte stellen Sie den Elefanten auf die Metallplatte, damit meine Sensoren ihn richtig erfassen können.“

Eine Platte, etwa vierzig mal vierzig Zentimeter groß, schob sich aus dem Gehäuse. Michael setzte das Holztier darauf nieder. Fast sofort tauchte auf dem linken Bildschirm ein vereinfachter Aufriß des Elefanten auf. Ein leichtes Surren verriet, daß der Computer auf Hochtouren arbeitete und den Elefanten mit allen eingespeicherten Kunstwerken und Stilrichtungen verglich.

Es kam Michael wie eine Ewigkeit vor, bis Archie endlich antwortete.

„Ich habe alle verfügbaren Daten ausgewertet. Der Elefant wurde Ende des sechzehnten Jahrhunderts im Kaschmirgebiet hergestellt. Kaschmir war früher ein selbständiger Staat in Vorderindien, wurde aber im Jahre 1586 unter dem Herrscher Akbar dem indischen Mogulreich angegliedert ..."

Professor Ambrosius war über die genaue Auskunft überrascht. „Alle Achtung, Archie! Toll! Das konntest du alles aus der Form und den Schnitzereien herauslesen? Dann bist du besser, als ich gedacht habe."

Archie geriet etwas aus der Fassung.

„Ich will ehrlich sein", gestand er dann. „Es hängen noch Zeitmoleküle an den Schnitzereien. Solche Moleküle sind Anzeichen eines unsachgemäßen Transfers aus der Vergangenheit. Für eine Künstliche Intelligenz wie mich ist es leicht, daraus Rückschlüsse auf den Herkunftsort und die Zeit zu ziehen."

„Zeitmoleküle", wiederholte Professor Ambrosius nachdenklich. „Dann hat Aziz eine recht behelfsmäßige Zeitmaschine gebaut. Deswegen ist auch der Unfall passiert. Wenn sich zu viele Zeitmoleküle mit Sauerstoff verbinden, dann kommt es unweigerlich zu einer Expolosion."

Michael riß die Augen auf. „Volle Deckung! Dann ist der Elefant also doch eine Zeitbombe!" Er warf sich auf den Boden und hielt schützend die Hände über seinen Kopf.

Auch Heike und Thomas waren verunsichert und starrten ängstlich auf den Elefanten.

„Keine Sorge", beruhigte der Professor die Kinder. „Die Gefahr besteht nur, sobald der Gegenstand unmittelbar aus der Vergangenheit auftaucht."

Heike atmete auf.

„Und warum ist der Elefant dann unbeschädigt geblieben?" wollte Thomas wissen.

„Gute Frage", gab der Professor zu. „Ich nehme an, Aziz hat Vorkehrungen für diesen Fall getroffen." Er schluckte. „Allerdings hat er dabei vergessen, sich selbst zu schützen."

Vom besten Freund betrogen

Nachdem Professor Ambrosius die Zeitmaschine aus der fünften Dimension geholt hatte, stiegen die Kinder mit dem Erfinder in die Maschine. Moorteufel mußte natürlich auch mit.

„Haben wir nichts vergessen?" fragte der Professor. „Alles mal durchchecken, bevor wir starten. Sprachpillen, Fernbedienung?" Er sah die Kinder fragend an.

„Alles dabei", bestätigte Michael.

„Ich hab' den Elefanten", sagte Heike. Sie hielt das Schnitzwerk auf ihrem Schoß. Das Holz war wunderbar glatt. Derjenige, der den Elefanten angefertigt hatte, mußte ein großer Künstler sein. Welch eine Geduldsarbeit, all die Feinheiten nachzubilden!

„Und damit eins klar ist“, begann Professor Ambrosius. „Wir bringen den Elefanten nur zurück und weiter nichts! Keine Abenteuer! Keine Einmischung in fremde Schicksale! Haben wir uns verstanden?“

„Klar“, sagte Michael und blinzelte Heike verstohlen zu. Der Professor hielt ihnen jedesmal die gleiche Predigt. Äußerste Zurückhaltung! Keine Veränderung des Geschichtsablaufs! Am besten Augen zu und gleich wieder nach Hause!

Aber alle guten Vorsätze funktionierten nie! Ehe es sich die Zeitreisenden versahen, steckten sie mittendrin in aufregenden Ereignissen ...

Professor Ambrosius betätigte den Starthebel, und die Maschine fing an zu dröhnen. Die Kinder beobachteten, wie draußen vor den Fenstern die Tropfsteinhöhle verschwand. Statt dessen erschien der weiße Nebel des Zeitstroms.

„Das ist wieder eine Milchsuppe!“ bemerkte Michael. „Die kommt mir heute besonders dick vor. Ob das etwas zu bedeuten hat?“

„Mach mich nicht schwach“, brummte der Erfinder nervös. Doch Archie bestätigte, daß alles in Ordnung sei.

Der Computer der Zeitmaschine und die große Anlage in der Halle waren ein System, aber beide Teile konnten auch unabhängig voneinander arbeiten.

Mit rasender Schnelligkeit reiste die Zeitmaschine in die Vergangenheit. Auf dem Monitor flimmerten die Jahreszahlen. Professor Ambrosius hatte die Steuerung dem Computer überlassen, der den Kurs anhand der gefundenen Zeitmoleküle bestimmte.

„Hoffentlich klappt alles“, bangte der Erfinder. Er hatte diesmal ein ungutes Gefühl. Wahrscheinlich hing es mit Aziz' Tod zusammen. Der Holzelefant hatte bereits ein Opfer gefordert ...

In weniger als fünf Minuten reisten die Zeitreisenden vier Jahrhunderte zurück. Gegen Ende der Fahrt bremste der Computer die Zeitmaschine behutsam ab. Der Nebel zerriß in einzelne Fetzen. Berge wurden sichtbar, ein Tal, ein Fluß …

„Hoppla“, entfuhr es Michael. Ein Stoß schleuderte ihn von seinem Sitz. Die Zeitmaschine hatte hart auf dem Untergrund aufgesetzt.

„Entschuldigung“, sagte Archie zerknirscht. „Ich war gerade in Gedanken und habe mich ein wenig verschätzt.“

„Hoffentlich ist nichts beschädigt worden“, murmelte der Professor besorgt. „Sonst hängen wir am Ende wieder in einer fremden Zeit fest.“

„Es ist nichts passiert“, beruhigte ihn der Computer.

Die Einstiegsluke glitt mit einem sanften Zischen auf. Kühle Luft drang herein. Professor Ambrosius trat in die Tür und atmete tief durch.

„Wie rein! Wie erfrischend! Richtig erholsam.“ Er seufzte sehnsüchtig. „Wann habe ich das letzte Mal Urlaub gemacht? Vielleicht hat Frau Schneider recht, wenn sie behauptet, daß ich arbeitssüchtig bin. – Ein herrliches Tal! Welch blauer Himmel! Kinder, habt ihr schon einmal einen solchen Himmel gesehen?“

„Auf jeder Ansichtskarte“, erwiderte Michael, aber der Erfinder hörte überhaupt nicht hin. Er kletterte aus der Maschine und breitete die Arme aus.

Heike und Thomas wechselten einen Blick. Sie hatten den Professor selten derart überschwenglich erlebt. So kannten sie ihn gar nicht!

„Ob an ihm ein paar Zeitmoleküle hängengeblieben sind?“ überlegte Michael.

„Das ist nicht auszuschließen“, meinte Heike. „Aber besser so, als wenn er den Griesgram spielt!“

„Huch, was ist denn das?“ rief da der Professor. „Laß gefälligst mein Hosenbein in Ruhe! Ich bin nicht zum Anknabbern, verstanden?“

Ein fröhliches Meckern war die Antwort. Kurz darauf sahen die Kinder, wie der Professor eine aufdringliche Ziege daran hinderte, seine Hose anzufressen.

„Hör auf! Wirst du wohl! Der Stoff schmeckt überhaupt nicht! Platz da!“

Es war ein langhaariges Biest, aber extrem mager. Deswegen war die Ziege wohl auch so gefräßig. Ihre Augen funkelten richtig vor Gier. Professor Ambrosius legte den Rückwärtsgang ein, aber die Ziege folgte ihm.

„Thomas“, schrie der Erfinder, „schick doch mal Moorteufel raus. Ich bin zwar tierlieb, aber die Dame hier wird mir etwas lästig.“

Thomas brauchte seinen Hund nicht zweimal aufzufordern. Moorteufel stieg ganz gelassen aus der Zeitmaschine, beäugte die freche Ziege und bellte zweimal „Wuff!“ Das genügte. Die Ziege meckerte vorwurfsvoll, machte kehrt und stakste davon, wobei sie beleidigt mit ihrem Schwänzchen wackelte.

„Fein, Moorteufel“, lobte Professor Ambrosius den Hund. Inzwischen hatten auch die Kinder die Zeitmaschine verlassen und schauten sich um. Besonders auffallend waren die schroffen Berghänge und die klare Luft. Man konnte weit sehen, jede Einzelheit trat gestochen scharf hervor, und über den Bergen wölbte sich der blaue Himmel mit weißen Wolkenflocken.

Das Gras wuchs spärlich. Zu ihren Füßen blühten kleine gelbe Blumenbüschel und dufteten würzig. Ein Stück weiter kletterte eine zweite Ziege gerade den Berghang empor und reckte den Hals, um ein paar Halme zu erwischen.

„Meinst du, Archie hat uns an den richtigen Platz gebracht?“ zweifelte Michael. „Es war doch ein Elefant und keine geschnitzte Meckerziege ...“

„Wir werden sehen“, murmelte der Erfinder. „Ich vertraue dem Computer. Er hat den Ort ausgewählt, an dem der Holzelefant verschwunden ist. Ich persönlich hätte zwar auch eher damit gerechnet, daß wir in einem Andenkenladen oder einem Museum herauskommen ... Nun ja. Lassen wir uns überraschen. Wenn mich meine kurzsichtigen Augen nicht täuschen, dann ist dort vorne eine Hütte.“

Die Bezeichnung „Hütte“ war schon fast übertrieben. Es war ein armseliger Holzverschlag. Die morschen Bretter hingen schief, und ein paar Stoffetzen sollten Wind und Wetter abhalten. Die Kinder wechselten einen Blick. Besonders einladend sah die Behausung nicht gerade aus.

Aber der Professor ließ sich nicht abhalten. „Es wird Zeit, Kinder, daß wir unsere Sprachpillen schlucken.“ Er fummelte an der Kapsel herum, die an einer Schnur um seinen Hals hing. Die kleinen grünen Pillen, die wie Erbsen aussahen, waren eine Wunderdroge. Sie regten das Lernzentrum im Gehirn an, so daß man in Windeseile eine völlig fremde Sprache verstehen und selbst sprechen konnte. Professor Ambrosius hätte mit dieser Erfindung Millionen verdienen können, wenn er es gewollt hätte. Touristen, Übersetzer und Politiker hätten sich sicher die Finger danach geleckt – ganz zu schweigen von den unzähligen Schülern, die sich mit Professor Ambrosius’ Sprachpillen das lästige Vokabellernen erspart hätten. Doch der Professor war in diesem Punkt stur. Sprachpillen nur für den Hausgebrauch, basta!

„Das eine Biest guckt schon wieder so gierig“, stellte Michael fest, während er ein grünes Kügelchen in der Hand behielt und den Rest wieder in seine Kapsel zurücksteckte. „Was passiert wohl, wenn die Ziege eine Sprachpille verschluckt?“

„Wahrscheinlich bellt sie dann wie ein Hund.“ Thomas grinste.

„Wehe, wenn ihr die wertvollen Pillen verschwendet, nur um es herauszufinden!“ drohte der Professor.

„Aber du sagst doch selbst, daß man manchmal Dinge ausprobieren muß, um zu neuen Erkenntnissen zu gelangen“, unkte Michael und erntete dafür einen wütenden Blick des Erfinders.

Die Diskussion wurde unterbrochen, denn in diesem Moment trat eine Gestalt aus der Hütte. Der Mann sah genauso armselig aus wie seine Behausung. Er war spindeldürr und ging gebeugt, so als zwinge ihn ein schweres Schicksal zu dieser Haltung. Seine Kleidung wirkte so, als habe er gerade einen Vorhang von seinen Fenstern genommen und sich hineingewickelt.

Die Ziegen eilten sofort zu dem Mann hin, begrüßten ihn mit einem munteren Meckern und bedrängten ihn auf der Suche nach Leckerbissen.

„Es tut mir wirklich leid“, sagte der Mann. „Ich habe nichts für euch. Nur das Salz an meinen Händen.“ Er streckte die Arme aus, und die Ziegen fingen emsig an zu lecken. Dann fühlte der Mann offenbar, daß er beobachtet wurde, hob den Kopf und beschirmte seine Augen. Seine Haltung wurde ein wenig straffer.

„Seid gegrüßt, Fremde.“ Ein warmes Lächeln ging über sein Gesicht. „Was treibt euch in diesen Winkel der Welt? Wer immer ihr seid, seid willkommen und teilt die Schüssel Reis mit mir.“

„Wir haben vergessen, die Zeitmaschine verschwinden zu lassen“, zischte Thomas dem Professor zu.

Michael fackelte nicht lange. Er zog die Fernbedienung aus der Tasche und schickte die Maschine mit Knopfdruck in die fünfte Dimension. Der Mann zuckte zusammen, als sich die Zeitmaschine mit einem Lichtblitz in Luft auflöste.

„Kommt ein Gewitter? Nein, ich höre keinen Donner, und der Himmel ist hell. Meine müden Augen haben mich getäuscht. Wahrscheinlich habe ich zu lange über meiner Schnitzarbeit gesessen.“

„Dann sind wir vielleicht doch richtig“, hakte der Professor ein. „Wir bringen einen Elefanten zurück. Gehört er dir?“

Heike trat vor. Sie hielt das Schnitzstück in den Händen.

„Vorsicht, die Ziegen!“ warnte Thomas.

Heike rettete den Elefanten, indem sie ihn hoch über ihren Kopf hob.

Der Mann war sehr verwundert. „Ja, es stimmt, diesen Elefanten habe ich geschnitzt. Zwei Jahre lang habe ich daran gearbeitet, und ich habe ihn nie verkauft. Wie kommt er in euren Besitz?"

Professor Ambrosius wurde rot. „Das ist eine lange und komplizierte Geschichte."

„Deine Geschichte kann nicht komplizierter sein als das Leben selbst", erwiderte der Mann. „Nimm Platz und erzähle." Er machte eine einladende Handbewegung und deutete auf den Boden. „Die Sonne scheint, und der Boden ist trocken."

Es blieb den Zeitreisenden nichts anderes übrig, als sich zu setzen. Der Mann hockte sich zu ihnen, schlug die Beine unter und verscheuchte die Ziegen, die neugierig ihre Köpfe in den Kreis streckten.

„Ich bin sehr froh, daß ihr mir den Elefanten wiederbringt", sagte der Mann. „Ich gestehe, ich habe schon die Ziegen verdächtigt, den Elefanten aus dem Regal gestohlen zu haben. Eine Zeitlang dachte ich auch, ein Greifvogel habe ihn aus der Luft geholt." Er nahm den Elefanten und strich liebevoll über die feinen Schnitzereien. Seine Hände waren schwielig, doch er hatte lange, schmale Finger, die geschickt mit Holz und Schnitzmesser umgehen konnten. „Mit dem Elefanten hat es nämlich eine besondere Bewandtnis. Es war meine erste Schnitzarbeit. Das Holz ist gehärtet von meinen Tränen, und ich schnitt mich viele Male in die Finger, aber solche Wunden heilen viel schneller als die Wunden, die man im Herzen trägt."

Professor Ambrosius schluckte. „Wir haben den Elefanten nicht gestohlen, falls du das denkst. Ich habe ihn von einem Bekannten erhalten, der mich beauftragt hat, ihn dir wiederzubringen."

„Er ist inzwischen tot", ergänzte Thomas.

Der Mann fragte nicht nach. Seine dunkelbraunen Augen nahmen einen entrückten Ausdruck an. Heike sah, wie die Hände des Mannes zu zittern anfingen. Kurz darauf hatte er sich wieder in der Gewalt.

„Entschuldigt mein unhöfliches Verhalten. Aber ich

mußte an etwas denken, was mir vor vielen Jahren prophezeit worden ist." Wieder strich er über das Holz. *„Ein Elefant weist dir deinen Weg. Einen Mann wird er töten, doch er wird dir vier Freunde bringen. Dein Leid wird ein Ende haben, und Gerechtigkeit wird walten. Die Sonne wird leuchten für dich, aber einer der vier wird sich den Tod wünschen, denn Welten stehen zwischen ihm und dem Glück."*

„Das hört sich genauso verschwommen an wie eine Textaufgabe in Mathe", murmelte Michael. Sogleich verbesserte er sich. „Ich meine, es klingt sehr rätselhaft."

„Lange Zeit konnte ich auch nichts mit diesen Worten anfangen", sagte der Mann. „Die Erfahrung hat mich gelehrt, keinem Seher und Propheten mehr zu trauen. Und doch war in Zeiten der Einsamkeit der Satz ein großer Trost für mich: *Dein Leid wird ein Ende haben, und Gerechtigkeit wird walten.*" Seine Lippen fingen an zu zittern, und seine Augen füllten sich mit Tränen.

Heike senkte den Blick. Die Traurigkeit des Mannes, den sie kaum kannten, war ansteckend. Sie hätte ihm so gerne geholfen. Außerdem fand sie die Prophezeiung höchst seltsam. *Vier Freunde ...* War das Zufall oder mehr? Hatte der Spruch etwas mit ihnen zu tun? Die letzte Zeile gefiel ihr jedoch überhaupt nicht: *Einer der vier wird sich den Tod wünschen ...*

„Wir möchten nicht, daß du wegen uns traurig bist", sagte der Professor, der sich unbehaglich fühlte. „Eigentlich wollten wir dir nur den Elefanten zurückbringen, weiter nichts."

„Ich weine nicht euretwegen", erwiderte der Mann. Er wischte sich mit dem Handrücken die Tränen ab. „Es war falsch, mir Hoffnungen zu machen. Einen Augenblick lang glaubte ich, mit euch würde sich die Prophezeiung erfüllen, und mein trauriges Los würde endlich ein Ende haben." Er ergriff die Hand des Professors und zog sie zu sich herüber. „Schau mich an, und dann sage mir, was du siehst."

Dem Erfinder blieb nichts anderes übrig, als den Wunsch des anderen zu erfüllen. „Du bist ein Mann, der sehr einfach lebt. Dein Alter ist schwer zu schätzen. Ich würde sagen, du bist so um die fünfzig Jahre alt. Dein Haar war ursprünglich schwarz, aber ist inzwischen so grau wie meines. Die Falten in deinem Gesicht erzählen von Schmerz und Trauer." Professor Ambrosius zuckte mit den Schultern. „Mehr kann ich nicht sagen."

„Vor dir sitzt ein Fürst", murmelte der Mann und ließ die Hand los.

Heike und Thomas wechselten einen überraschten Blick.

‚Ein Spinner', schoß es Heike durch den Kopf. ‚Einer, der vor lauter Einsamkeit wahnsinnig geworden ist.'

Sie hatte schon oft von Leuten gehört, denen es so ergangen war. Zuerst führten sie nur Selbstgespräche, träumten von einem schöneren Leben, und eines Tages konnten sie dann Phantasie und Wirklichkeit nicht mehr auseinanderhalten. Zum Schluß bildeten sie sich ein, Kaiser von China oder Lady Macbeth zu sein. Einmal hatte Heike von einem Mann gelesen, der sich für Tarzan gehalten und in öffentlichen Parks Aufsehen erregt hatte. Man hatte ihn in eine geschlossene Anstalt eingeliefert.

„Ich bin wirklich ein Fürst", beharrte der Mann. „Oh, ich sehe an euren Augen, daß ihr mir nicht glaubt. Keiner glaubt mir." Seine Stimme erstarb. Seine Hände spielten jetzt so nervös mit dem Elefanten, daß Heike befürchtete, er werde die feinen Schnitzereien ruinieren.

„Tja, ich glaube, wir müssen langsam wieder los." Professor Ambrosius räusperte sich und machte Anstalten aufzustehen. Doch der Mann warf ihm einen so traurigen Blick zu, daß er es nicht fertigbrachte.

„Willst du nicht wenigstens meine Geschichte anhören?"

Der Erfinder seufzte und ergab sich in sein Schicksal. „Nun gut, wenn's denn sein muß."

„Mein Name ist Alauddin, und mein Vater war der Maharadscha Nadir. Er war ein gerechter Fürst, und er verstand es, in seinem Land für Frieden und Ordnung zu sorgen. Er erzog mich in seinem Sinn, lehrte mich, tapfer zu sein und

Schmerzen zu ertragen. Von meiner Mutter dagegen lernte ich Liebe und Weisheit. Ich verbrachte eine sehr glückliche Kindheit. Mein bester Freund war Isa, der Sohn eines Pächters. Das Schicksal wollte es, daß wir uns sehr ähnlich sahen. Isa hatte braune Augen wie ich, eine gerade Nase und ein hervorspringendes Kinn." Zur Untermalung seiner Worte deutete Alauddin auf sein Gesicht. „Als Kinder machten wir uns oft einen Spaß daraus, unsere Bekannten zu necken, indem wir die Rollen tauschten. Häufig blieb unser Streich unbemerkt. Nur meine Mutter ließ sich niemals täuschen. Einmal erfuhr mein Vater davon, und er redete mir ins Gewissen. ‚Tu das nie wieder', befahl er mir. ‚Du bist ein Prinz, Alauddin, Isa aber nur ein gewöhnlicher Untertan.' Er versuchte mir klarzumachen, daß Isa kein angemessener Umgang für mich sei. Ich begriff meinen Vater nicht. Isa war mein Freund, er stand mir näher als jeder andere Mensch. Wir hatten uns gegenseitig mit dem Dolch geritzt, unser Blut gemischt und uns geschworen, unsere Freundschaft durch nichts und niemanden stören zu lassen."

Alauddin machte eine Pause und kritzelte mit einem Stöckchen kleine Figuren in die Erde. Fast schien es, als habe er seine Zuhörer vergessen. Heike waren inzwischen Zweifel gekommen. Alauddins Geschichte klang sehr überzeugend. War sie wahr, oder war Alauddin bloß ein guter Märchenerzähler?

„Und wie ging es weiter?" fragte Professor Ambrosius, der genauso in Bann geraten war wie die Kinder. „Was ist mit dir und deinem Freund Isa passiert?"

„Das Schicksal stellte unsere Freundschaft auf die Probe", berichtete Alauddin, und seine Augen schimmerten bei der Erinnerung noch dunkler, als sie ohnehin waren. „Wir waren beide siebzehn, als wir uns in dasselbe Mädchen verliebten. Sie hieß Sita und war unbeschreiblich schön." Seine Stimme brach, er mußte erst ein paarmal schlucken, bevor er weitersprechen konnte. „Oh, ich erinnere mich noch genau an den Tag, als ich Sita zum ersten Mal sah. Sie stand am Ufer eines Sees und hatte ihr Haar gelöst, weil sie schwimmen wollte. Isa und ich waren auf Entenjagd und kamen zufällig an der Stelle vorbei, die Sita zu ihrem Badeplatz gewählt hatte. Wir beschlossen, uns im Schilf zu verstecken, doch Sita hatte das Rascheln gehört und entdeckte uns. Ihre Augen blitzten voller Wut, und sie befahl uns, uns augenblicklich davonzuscheren. Wir gehorchten, aber ich konnte Sita nicht vergessen. Tag und Nacht stand mir ihr Bild vor Augen. Ich war zum ersten Mal in meinem Leben verliebt ... Am nächsten Tag erfand ich einen Vorwand und schickte einen Boten zu Isa, um nicht mit ihm jagen zu müssen. Heimlich schlich ich mich wieder an die Stelle, um Sita zu sehen. Isa hatte den gleichen Gedanken, und so trafen wir im Schilf aufeinander. Noch war unsere Freundschaft ungetrübt, und wir konnten darüber lachen. Auf Sita warteten wir an diesem Tag vergebens, und voller Enttäuschung warfen wir uns selbst in den See und schwammen um die Wette. Wir erreichten das andere Ufer zur selben Zeit."

„Und wegen Sita ist eure Freundschaft in die Brüche gegangen?" fragte Thomas gespannt.

Alauddin nickte voller Trauer. „So ist es, mein junger Freund." Er lehnte sich zurück, betrachtete einen Moment lang die Wolken, die über den Himmel zogen und dabei immer wieder andere Formen annahmen. „Ich setzte alles in Bewegung, um Sita wiederzutreffen. Mir gelang es, ihren Namen herauszufinden und das Haus, in dem sie wohnte. Ich heftete mich an ihre Fersen und führte immer wieder zufällige Begegnungen herbei. Ich werde nie vergessen, wie sie mir zum ersten Mal ein Lächeln schenkte. Ich war der glücklichste Mensch auf der Welt."

„Und Isa?" wollte Heike wissen.

„Noch war alles ein Spiel. Er und ich versuchten, uns gegenseitig mit den Gunstbeweisen für Sita zu übertreffen. Wenn er ihr eine seltene Blume schenkte, dann brachte ich ihr einen schönen Ball. Einmal jagte er eine Ente für sie. Ich dagegen schenkte ihr einen jungen Vogel, der aus dem Nest gefallen war. Er hatte ein schillerndes Gefieder und konnte wunderschön singen ... Damit berührte ich endlich Sitas Herz. Sie fing an, meine Liebe zu erwidern. Als Isa begriff, für wen sich Sita entschieden hatte, wurde er furchtbar zornig. ‚Warum liebt sie dich und nicht mich?' warf er mir vor. ‚Wir sind uns so ähnlich, daß uns die Leute verwechseln.' – ‚Aber sie kann nur einem von uns ihr Herz schenken, und das bin zufällig ich', erwiderte ich. – ‚Zufällig, zufällig!' äffte er mich nach. ‚Der Zufall heißt Reichtum! Sie hat dich gewählt, weil sie weiß, daß du ein Prinz bist.' – ‚Das ist nicht wahr', widersprach ich heftig. ‚Sie liebt mich, weil ich ihr jenen Vogel geschenkt habe.' – Isa sah mich an, und da merkte ich zum ersten Mal, was Haß ist." Alauddin seufzte. Die Erinnerung bereitete ihm Schmerzen.

„Und was geschah weiter?" fragte Michael.

„Fortan gingen wir uns aus dem Weg, Isa und ich", berichtete Alauddin. „Ich warb weiter um Sita, und sie war einverstanden, meine Frau zu werden. Die Hochzeit fand mit großen Feierlichkeiten statt. Isa war nicht dabei. Bald nach der Hochzeit starb mein Vater Nadir, und es war an mir, die Nachfolge anzutreten. Ich wurde Maharadscha. Meine Tage waren angefüllt mit Regierungsgeschäften, ich hatte viel zu tun und dachte nicht mehr oft an Isa. Außerdem erwartete Sita inzwischen ein Kind. Ich war sehr glücklich darüber. Sita wünschte sich einen Sohn, weil sie dachte, alle Männer wollen lieber einen Jungen, aber mir war es egal. Ich liebte Sita so sehr ... Dann kam der Tag der Geburt. Sita gebar eine wunderschöne Tochter, aber die Geburt war so schwer, daß meine Frau starb."

„Oh, das tut mir leid", sagte Heike betroffen.

Alauddin konnte nicht weitersprechen. Die Tränen rannen ihm über die Wangen. Endlich hatte sich Alauddin wieder gefaßt.

„Ich war untröstlich. Sita, meine geliebte Frau, war tot! Ich zürnte den Göttern. Warum taten sie mir so etwas an? Warum hatten sie mir Sita genommen? Tagelang lief ich wie im Traum herum, blind vor Zorn und Trauer, aß nichts und schlief nicht. Meine kleine Tochter, die süße Layla, wollte ich gar nicht sehen. Ich gab ihr die Schuld an Sitas Tod. Oh, ich war maßlos und ungerecht in meinem Schmerz. Aber niemand konnte mir nachfühlen, wie sehr ich litt."

Etwas stupste Heike in den Nacken. Sie fuhr herum und blickte ins Gesicht der Ziege.

„He, meine Haare sind nicht zum Auffressen!" protestierte das Mädchen.

Die Ziege meckerte enttäuscht. Michael hielt ihr ein Grasbüschel hin, und sie fraß ihm aus der Hand.

„Jetzt troll dich", befahl Alauddin dem Tier. Die Ziege gehorchte und verschwand in der Hütte.

„Kann sie dort nichts anstellen?" fragte Heike besorgt.

Alauddin winkte ab. „Laß sie. Was sind ein paar Scherben im Vergleich zu dem Unglück, das mir widerfahren ist? – Wenige Tage nach Sitas Tod klopfte es plötzlich an meine Tür. Eigentlich wollte ich niemanden sehen oder sprechen. Meine Regierungsgeschäfte hatte ich schmählichst vernachlässigt. Wahrscheinlich war es wieder ein lästiger Bittsteller. Doch es war kein anderer als Isa. ‚Ich habe von deinem großen Unglück gehört', sagte er. ‚Ich bin gekommen, um dich zu trösten.' – Oh, es hätten sich Schlangen aus seinem Mund ringeln müssen, denn jedes Wort war eine Lüge! Doch ich Narr hielt seine Rede für Wahrheit und glaubte, er sei gekommen, um sich mit mir zu versöhnen. Welche Gelegenheit ist dazu besser als solche schmerzlichen Stunden? Ich gestehe, ich weinte an Isas Schulter, nannte ihn einen treuen Freund und beklagte Sitas Tod. ‚Hör zu', sagte Isa, ‚es gibt eine Möglichkeit, wie Sita zu dir zurückkehrt.' Dieser Satz hätte mich stutzig machen müssen, doch er war Balsam für meine wunde Seele. ‚Wenn du die Dämonen der Berge beschwörst, wird Sita vom Tod erwachen, und sie wird schöner sein als je zuvor.' – ‚Was muß ich tun?' fragte ich eifrig. Ich war zu allem bereit. – ‚Morgen ist die Nacht mondlos. Dann mußt du den Palast verlassen. Sage niemandem, was du vorhast. Geh nicht in deiner Prunkkleidung, sondern trage ein altes Gewand, in dem du aussiehst wie ein Stallknecht. Niemand darf dich aufhalten. Begib dich in die Berge, nimm Opfergaben für die Dämonen mit, und warte am Eingang der Schlucht auf das Zeichen, das die Geister dir geben werden. Wenn du nach drei Tagen zurückkehrst, wird Sita gesund und blühend vor dir stehen.‘ Oh, wäre ich bei Verstand gewesen, ich hätte Isas Plan durchschaut. Aber in meinem Schmerz war ich arglos. Ich tat, was er mir geraten hatte. Ich verließ den Palast mitten in der Nacht durch eine Hinterpforte, niemand sah mich gehen, niemand hielt mich auf ... Ich blieb drei Tage in den Bergen, opferte den Dämonen und wartete auf das Zeichen. Als eine Sternschnuppe vom Himmel fiel, frohlockte ich. Die Dämonen hatten meinen Wunsch erhört! Glücklich machte ich mich auf den Heimweg. Ich konnte es kaum erwarten, in den Palast zurückzukehren. Ich würde Sita wiedersehen!“

Wieder stockte Alauddin in seiner Erzählung. Die Zuhörer ahnten, daß die Geschichte eine schlimme Wende nehmen würde.

„Aber im Palast erwartete mich eine böse Überraschung“, fuhr Alauddin fort. „An der Pforte wollte man mich nicht einlassen. ‚Ich bin’s, Alauddin, der Maharadscha‘, sagte ich zum Wächter. Dieser lachte. ‚Hast du einen Sonnenstich? Alauddin sitzt auf seinem Thron und regiert. Gestern wurde die Maharani Sita begraben, und heute abend findet ein großes Fest statt. Der Maharadscha feiert die Geburt seiner Tochter Layla.‘ – Ich war wie vor den Kopf gestoßen. ‚Ich bin Alauddin‘, beharrte ich. ‚Du mußt mich doch kennen. Tausendmal bin ich an dir vorbeigegangen.‘ – ‚Ich kenne dich sehr wohl‘, erwiderte der Wächter. ‚Du bist Isa, und ich habe den ausdrücklichen Befehl, dich zu verprügeln und in Schimpf und Schande davonzujagen. Der Maharadscha hat deinen Vater in den Kerker werfen lassen, denn er hat Gelder unterschlagen und sich unrechtmäßig bereichert.‘ – ‚Das ist alles nicht wahr‘, schrie ich, aber ich begann, die Aus-

wegslosigkeit meiner Lage zu ahnen. ‚Betrug! Es war ganz anders!' Doch der Wächter sah nur meine abgerissene Kleidung, und ich hatte nichts, womit ich beweisen konnte, daß ich der echte Maharadscha war. Sogar meinen Ring hatte ich im Palast gelassen ... So wurde ich davongejagt wie ein streunender Hund. Der Wächter rief mir nach, ich solle mich im ganzen Reich nicht mehr blicken lassen, andernfalls würde ich im Kerker landen."

Alauddin verstummte. Dann erhob er sich mit leisem Ächzen. „Entschuldigt mich, aber ich muß jetzt doch einmal nach den Ziegen sehen." Er verschwand in seiner Hütte.

„Meint ihr, er sagt die Wahrheit?" platzte Michael heraus. „Ist er der echte Maharadscha?"

„Kinder, ich bin überfragt", gab Professor Ambrosius zu. „Möglich, daß die Geschichte wirklich passiert ist. Aber vielleicht hat er sich alles nur ausgedacht."

„Wie ein Maharadscha sieht er nicht gerade aus", bemerkte Thomas. Heike blitzte ihn an. „Und wie hat deiner Meinung nach ein Maharadscha auszusehen?"

Thomas überlegte. „Ich weiß nicht. Eben irgendwie fürstlich. Aufrechte Haltung, stolzer Blick und so." Ihm fiel nichts mehr ein, und er mußte passen.

„Na also", sagte Heike triumphierend. „Ich glaube nicht, daß sich ein Maharadscha rein äußerlich von anderen Menschen unterscheidet, wenn er keine prunkvollen Kleider trägt. Wenn ihr mich fragt – ich bin überzeugt, daß Alauddin uns die Wahrheit erzählt hat." Sie ballte voller Empörung die Fäuste. „Was für eine Gemeinheit! So vom besten Freund betrogen zu werden."

„Am Schluß war er kein Freund mehr, sondern ein Feind", korrigierte der Professor. „Tja, die Liebe kann zwei Menschen zu erbitterten Feinden machen. Dabei heißt es immer, daß Liebe Berge versetzen kann. Was bin ich froh, daß mich dieses Gefühl in meinem Leben nie sonderlich geplagt hat."

Michael schaute ihn neugierig an. „Warst du denn niemals

verliebt, Onkel Ambrosius? Kein einziges Mal? Nicht einmal ein bißchen?“

„Ja, hat es nie eine Frau oder ein Mädchen gegeben, die dir mehr bedeutet hat?“ hakte Thomas nach.

Der Erfinder wurde ein wenig rot. „Natürlich habe ich die ein oder andere Frau ganz gerne gesehen. Ich habe auch mal ein Mädchen ausgeführt oder bin mit ihm ins Kino gegangen. Aber richtige Liebe?“ Er schüttelte den Kopf. „Ich kann mich nicht erinnern.“

Michael fand das Thema hochinteressant. „Hattest du niemals Schmetterlinge im Bauch? Gab es keine schlaflosen Nächte, in denen du vor lauter Liebeskummer ins Kopfkissen gebissen hast?“

„Na, das klingt ja, als wüßtest du gut Bescheid“, erwiderte Professor Ambrosius. „Ich muß dich leider enttäuschen. Soweit ich mich erinnern kann, habe ich immer einen klaren Kopf behalten. Und im Nachhinein glaube ich, das war auch ganz gut so. Sonst hätte ich keine Zeitmaschine gebaut, sondern einen Sandkasten für meine Enkelkinder, und ich hätte mir in den Nächten keine neuen physikalischen Formeln ausgedacht, sondern Gutenachtgeschichten von kleinen dicken Bären, brrrr!“

Kneifen gilt nicht!

Alauddin kam zurück. Er hatte der Ziege einen Strick umgelegt und band sie an einem Strauch fest.

„Das tue ich zwar ungern, aber Sita hat angefangen, das Holz zu benagen, aus dem ich gerade einen Tiger schnitzen wollte."

Die Ziege meckerte vorwurfsvoll und zog an dem Strick. Sie wollte ihre Freiheit wiederhaben.

„Wie heißt die Ziege?" fragte Heike nach. Sie glaubte, sich verhört zu haben.

„Sita", antwortete Alauddin. „Die andere habe ich Layla genannt. Vielleicht ist es nicht richtig, ausgerechnet Ziegen die Namen meiner verstorbenen Frau und meiner Tochter zu geben. Doch ich lebe allein, und die beiden sind meine einzige Gesellschaft. Eine andere Familie habe ich nicht." Er setzte sich wieder zu den anderen.

Michael sah Heike mit hochgezogenen Augenbrauen an. ‚Vielleicht spinnt er doch', sollte das heißen. Heike schüttelte heftig den Kopf. Nein, sie konnte Alauddin durchaus verstehen. Einsamkeit konnte sehr schlimm sein.

„Was geschah, nachdem der Wächter dich fortgejagt hat?" wollte der Professor wissen.

„Ich konnte es einfach nicht fassen. Isa hatte mir eine Falle gestellt, und ich war blindlings hineingetappt! Mein Zorn kannte keine Grenzen. Ich schmiedete die abenteuerlichsten Pläne. An einem Tag wollte ich den Palast niederbrennen. Am nächsten nahm ich mir vor, schreiend durch die Straßen zu laufen. Die ganze Welt sollte wissen, welches Unrecht mir widerfahren war. Oh, und ich schwor mir, Rache an Isa zu nehmen." Alauddin verstummte.

„Und was hast du getan?" fragte Thomas.

„Nichts von all dem." Alauddin senkte den Kopf. „Nachdem meine erste Wut verraucht war, übermannte mich die Verzweiflung, und ich floh in die Berge. Tagelang irrte ich umher, ernährte mich von Wurzeln und wilden Früchten und beklagte lauthals mein Schicksal. Am liebsten hätte ich mich von einem Felsen gestürzt, um für immer von meinem Schmerz befreit zu sein. Doch ich brachte es nicht fertig. Jedesmal, wenn ich am Felsenrand stand und springen wollte, war es, als würde mich eine unsichtbare Hand zurückhalten. Vielleicht war es die Hand der Götter, wer weiß. Einmal sprang ich trotzdem, doch ein Strauch hielt meinen Fall auf. Die Dornen zerkratzten mich, aber ansonsten blieb ich unverletzt. Jetzt war mir klar, daß ich weiterleben sollte. Es war mir vorherbestimmt, mein schweres Los zu ertragen."

Heike und Thomas wechselten einen betretenen Blick. Alauddin hatte wirklich viel mitgemacht!

„In der ersten Zeit lebte ich in einer Höhle", fuhr der Mann mit seiner Erzählung fort. „Früher, zusammen mit Isa, hatten wir uns manchmal zum Spaß Unterstände und Hütten gebaut. Diese Fertigkeiten kamen mir jetzt zu Hilfe. Nach und nach tischlerte ich mir einen Schemel und eine Bank. Ich suchte trockenes Gras für mein Lager. Dann fing ich eine wilde Bergziege mit ihrem Kitz und lernte, das Tier zu melken. Ich baute ihr einen Stall und einen Auslauf. Tagsüber war ich beschäftigt und verdrängte meine Erinnerungen. Doch nachts plagten mich die Träume, und oft wachte ich morgens auf, und mein Gesicht war naß vor Tränen. Einmal wurde ich schwer krank. Ich hatte hohes Fieber und begann zu phantasieren. So bildete ich mir ein, Sita beträte die Höhle ... Wahrscheinlich wäre ich gestorben, wenn nicht zufällig ein alter Mann des Wegs gekommen wäre. Er fand mich im Fieber, braute mir einen Trank aus verschiedenen Kräutern und zwang mich, den übelschmeckenden Sud zu trinken. Drei Tage und drei Nächte wachte er an meinem Lager. Am vierten Morgen endlich war das Fieber fort, und ich konnte wieder klar denken."

„Wer war der Mann?" fragte Heike neugierig.

„Ein Einsiedler, der schon seit vielen Jahren in den Bergen lebte. Es war ein heiliger Mann. Er aß kein Fleisch und verbrachte seine Tage mit Meditation. Ich sagte ihm, daß mein Leben seit Sitas Tod keinen Sinn mehr habe, daß ich ein vertriebener Maharadscha sei und nur noch den Wunsch habe zu sterben. Er sah mich tadelnd an und sagte zu mir: ‚Dein Problem löst sich nicht morgen, aber es löst sich. Der Weg ist das Ziel.' Ich fand diese Worte sehr rätselhaft und bat ihn, sie mir doch näher zu erklären. Doch statt einer Erklärung sagte mir der Einsiedler den Orakelspruch mit dem Elefanten auf. Danach verschwand er." Alauddin zuckte plötzlich zusammen. „Aber ich sitze hier und erzähle euch mein Leben, ohne euch etwas anzubieten! Wie unhöflich von mir! Viel habe ich nicht, aber möchtet ihr eine Schale Reis? Ich habe auch noch etwas Ziegenkäse."

Professor Ambrosius lehnte ab. „Danke, wir haben keinen Hunger. Wir haben erst vorhin gegessen. Außerdem müssen wir bald wieder los." Er schaute die Kinder auffordernd an, aber keines von ihnen nickte. „Wir wollten nur den Holzelefanten zurückbringen, *das war so abgemacht.*“

Michael stieß geräuschvoll die Luft aus. „Okay, du bist der Boß.“

Heike sagte gar nichts. Ihre grünen Augen funkelten.

Professor Ambrosius stand auf. „Oh, meine Beine sind schon ganz steif.“ Er lächelte und federte in den Knien. Notgedrungen erhoben sich Heike, Michael und Thomas ebenfalls. Der Professor streckte Alauddin die Hand entgegen.

„Vielen Dank für die Geschichte. Ich wünsche dir von Herzen, daß du eines Tages deinen Thron zurückbekommst. Viel Glück!“

Alauddin drückte auch den anderen die Hand. „Ich weiß zwar nicht einmal eure Namen, aber ich wünsche euch ebenfalls viel Glück. Die Götter mögen mit euch sein.“ Er neigte den Kopf.

Die Zeitreisenden wandten sich zum Gehen. Alauddin stand noch eine Weile da und schaute ihnen nach. Dann trug er den Holzelefanten in seine Hütte zurück.

„So, das wär's gewesen“, murmelte der Professor. „Wir gehen bis zu dem Busch dort, dann sind wir außer Sichtweite und können die Zeitmaschine herbeiholen.“ Seine Hand griff schon nach der Fernbedienung. „Es war jedenfalls ein ganz interessanter Besuch.“

„Interessant“, schnaubte Heike. Jetzt machte sie ihrer Empörung Luft. „Wie kannst du nur so herzlos reden?“

Professor Ambrosius war verwundert. „Aber warum denn?“

„Vielen Dank für die Geschichte. Es war sehr interessant“, äffte Heike ihren Großonkel nach. *„Es tut mir leid, daß du deinen Thron verloren hast, aber uns geht die Sache nichts an. Wir fahren jetzt mit unserer Zeitmaschine nach Hause zurück, und du kannst weiter Holztiere schnitzen und deine Ziegen melken.* – O Mann!“

Der Professor starrte das Mädchen an. „Ich verstehe nicht, warum du dich so aufregst. Was habe ich denn falsch gemacht?“

„Alles!“ Heike schleuderte ihm das Wort ins Gesicht. „Ich kapiere nicht, daß dich Alauddins Schicksal so gleichgültig läßt! Er hat seinen Thron verloren. Man hat ihn betrogen und entmachtet!“

„Meine liebe Heike“, erklärte der Erfinder und bemühte sich, ruhig zu bleiben, „im Laufe der Geschichte haben Tausende von Fürsten, Königen oder Kaisern aus irgendwelchen Gründen ihren Thron verloren. Sollen wir etwa jedem zu seinem Recht verhelfen? Wo, bitte, ist da ein Ende? – Außerdem haben wir etwas beschlossen: Keine Einmischung in fremde Schicksale!“

„Du bist der hartherzigste Mensch, den ich kenne.“ Heike zog wütend die Augenbrauen zusammen. Sie war sauer auf ihren Großonkel. Hatte er keine Gefühle? Wie konnte Alauddins Geschichte ihn kalt lassen? Heike hätte auf der Stelle versucht, dem Mann zu helfen. Was der falsche Maharadscha getan hatte, verdiente Vergeltung. So etwas durfte man sich doch nicht einfach gefallen lassen!

Schon flimmerte die Luft. Professor Ambrosius hatte die Knöpfe der Fernbedienung gedrückt und die Zeitmaschine herbeigerufen.

„Ist das dein Ernst?“ fragte Heike noch einmal. „Willst du wirklich nach Hause fahren?“

Die Einstiegsluke glitt bereits auf. „Aber natürlich“, antwortete der Erfinder. „Wir können Alauddin ohnehin nicht helfen. Wie stellst du dir das vor? Sollen wir etwa zu dem Maharadscha gehen und sagen: ‚Hör mal, gib deine Krone ab, wir haben den rechtmäßigen Herrscher gefunden?‘“

„Uns würde bestimmt etwas einfallen“, beharrte Heike. Als sie sah, daß der Professor bereits in die Maschine kletterte, stieß sie wütend aus: „Hach, ihr seid alle zu blöd!“

Sie drehte sich um und verschränkte ihre Arme. Mochten die anderen doch ohne sie fahren! Sie konnte jedenfalls nicht heimkehren und so tun, als würde sie die Sache nichts angehen. Sie dachte an Alauddins Tränen, und es gab ihr einen Stich.

„Kommst du, oder sollen wir wirklich ohne dich fahren?" fragte der Erfinder von der Maschine aus. „Los, sei nicht albern, sondern steig ein!"

Michael und Thomas standen unschlüssig an der Einstiegsluke. Selbst Moorteufel sah Heike gespannt an und wedelte mit dem Schwanz.

„Ihr seid einfach zu feige", rief Heike. „Ihr wollte Alauddin nicht helfen, weil ihr Angst habt, daß wir wieder in ein Abenteuer verstrickt werden. Fahrt doch heim! Setzt euch in den Sessel, zieht die Pantoffel an und schaltet den Fernseher ein!"

Sie wußte, daß sie sich unmöglich benahm. Aber sie konnte nicht anders. Sie wollte Alauddin nicht seinem Schicksal überlassen. Das Orakel war kein Zufall! Es sprach ganz deutlich davon, daß vier Leute Alauddin helfen sollten, und damit waren sie gemeint!

„Wenn ich gewußt hätte, daß du so ein Theater machst, dann hätte ich dich diesmal gar nicht mitgenommen", knurrte der Professor. Er war inzwischen auch sehr ärgerlich. „Pubertäre Göre! Meinetwegen kannst du hierbleiben. Sieh zu, wie du ins zwanzigste Jahrhundert zurückkommst!"

„Los, Heike, komm", mischte sich jetzt auch Michael ein. „Es hat doch wirklich keinen Sinn. Wir können Alauddin nicht helfen. Außerdem wissen wir ja nicht, ob er uns nicht ein Riesenmärchen aufgetischt hat. Vielleicht ist er in Wirklichkeit nur ein armer Holzfäller ..."

„Er ist der echte Maharadscha", verteidigte Heike den Inder. „Aber weißt du, was du bist? Ein fetter Schokoladenfresser! Ein feiges Keksmonster! Ein speckbauchiges Faultier! Jawohl! Ich hätte dich nie für so bequem gehalten. Fahr doch mit Onkel Ambrosius nach Hause, und zieh dir seelenruhig eine Tafel Schokolade rein. Hoffentlich wird dir schlecht! Mir wird jedenfalls schon übel, wenn ich euch alle angucke!“

Michael wechselte mit dem Erfinder einen Blick und tippte sich an die Stirn. „Die hat ’nen totalen Koller, wenn du mich fragst!“

Heike stellte sich taub. An einen Baum gelehnt, betrachtete sie die Landschaft mit den hohen Bergen. Die Wolken zogen über den Himmel, und die Sonne wärmte Heikes Haut mit ihren Strahlen. Alles sah ganz friedlich aus. Bloß in Heikes Innerm spielte sich ein Drama ab.

„Na gut“, sagte Professor Ambrosius unvermittelt. „Der Klügere gibt nach. Und weil ich immer sehr stolz auf meine Intelligenz gewesen bin, werden wir hierbleiben und sehen, was wir für Alauddin tun können. Obwohl es wahrscheinlich wieder eine Riesendummheit ist. Beschwert euch hinterher bloß nicht, wenn ihr kalte Füße kriegt.“

Er stieg wieder aus. „Ich hab’s mir anders überlegt. Verschwinde, Archie!“ Er drückte auf seine Fernbedienung, und die Zeitmaschine löste sich in Luft auf.

Heike konnte den plötzlichen Sinneswandel nicht fassen. „Wirklich? Da ist ja –“

„– unnötige Energieverschwendung gewesen“, unterbrach Professor Ambrosius das Mädchen. „Aziz’ Tod muß einen Sinn haben. Ich bin zwar kein Freund von Orakelsprüchen, aber dies alles erscheint mir doch reichlich rätselhaft. Wir können uns ja mal umschauen – ganz unverbindlich natürlich.“

Als sie zu Alauddin zurückkehrten, saß der Mann vor seiner Hütte auf dem Boden. Er sah aus, als habe er nur auf sie gewartet. Friedlich grasten die beiden Ziegen neben ihm.

„Ich habe gewußt, daß ihr wiederkommen werdet“, sagte Alauddin und lächelte.

Ein Muttermal und ein Plan

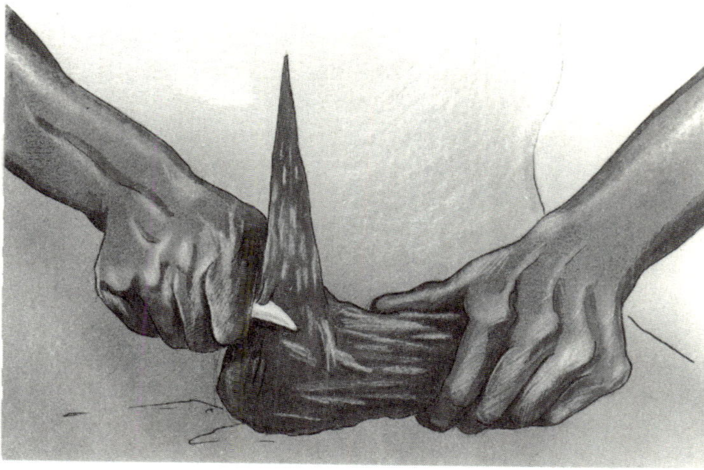

Michael krauste die Stirn. Er hatte schon Kopfweh vom vielen Denken. Jetzt bedauerte er alle Detektive. Die mußten den größten Teil des Tages damit zubringen, sich den Schädel zu zermartern, um eine heiße Spur zu finden.

„Also, noch mal von vorne", murmelte er. „Isa und du, ihr habt euch so ähnlich gesehen, daß euch die Leute verwechselt haben. Gab es denn kein Merkmal, wodurch sich Isa von dir unterschieden hat?"

Alauddin überlegte lange. Michael hatte ihm schon tausend Fragen gestellt, und er war der ganzen Sache allmählich etwas überdrüssig.

„War er vielleicht kleiner als du?" half Michael ihm nach.

„Wir hatten dieselbe Größe."

„Und das Haar?“

„Schwarz und lockig. Wir ließen es immer auf die gleiche Weise schneiden. Der Barbier wußte schon Bescheid.“

Michael seufzte. „Und euer Körper?“

„Wir waren beide groß und schlank. Wir trainierten jeden Tag viele Stunden, und unsere Körper waren geschmeidig und muskulös. Keiner von uns war fett.“

Michael wurde rot. Sollte der letzte Satz etwa eine Anspielung auf seine Figur sein? Doch Alauddins Blick war offen und ohne Hinterlist.

Michael holte tief Luft. „Aber es muß doch etwas gegeben haben, was anders war. Die Stimme. Die Ohren. Hat Isa angewachsene Ohrläppchen?“

Alauddin schüttelte den Kopf. „Seine Ohren waren so wohlgeformt und ebenmäßig wie meine.“

„Aber das gibt's doch nicht. Ihr könnt doch nicht wie eineiige Zwillinge ausgesehen haben.“ Michael war mit seinem Latein langsam am Ende. „Wir haben Zwillinge in der Klasse, Peter und Paul. Man kann sie nur unterscheiden, wenn sie den Mund aufmachen. Paul hat nämlich eine kleine Lücke zwischen den Vorderzähnen.“ Ein Leuchten ging plötzlich über Michaels Gesicht. „Ha! Die Zähne! Hat Isa schiefe Zähne? Oder einen abgebrochenen Zahn? Wenigstens eine Lücke?“

„Junger Freund“, antwortete Alauddin, „ich weiß nicht, ob dir klar ist, daß ich Isa schon siebzehn Jahre nicht mehr gesehen habe. Früher waren seine Zähne so gerade und ebenmäßig wie eine Perlenschnur. Wie sie heute aussehen, weiß ich nicht, und ein fehlender oder brauner Zahn ist kein Beweis. Sieh mich an. Auch ich habe inzwischen einige Lücken.“

„Siebzehn Jahre ist es her“, staunte Michael. „Dann hast du dir schon siebzehn Jahre lang diese Schweinerei gefallen lassen? Hast du denn keinen einzigen Versuch unternommen, wieder zu deinem Recht zu kommen?“

Alauddin hob verzweifelt die Hände. „Was sollte ich tun?

Natürlich sind mir solche Gedanken oft durch den Kopf gegangen. Ja, ich bin öfter im Palast gewesen.“ Seine Stimme wurde brüchig. „Ich verkleidete mich als Händler und bot am Hof meine Schnitzereien an. Isa habe ich niemals gesehen, wohl aber Layla, meine Tochter.“ Er hob die Augen zum Himmel. „Sie ist wunderschön und meiner verstorbenen Frau wie aus dem Gesicht geschnitten. Und Layla hat ein gutes Herz. Sie hat mir immer etwas abgekauft.“

„Hast du nie mit ihr über das gesprochen, was passiert ist?“ fragte Thomas. „Ihr die Wahrheit gesagt?“

„Soll ich sie unglücklich machen?“ fragte Alauddin. „Sie ist sehr behütet im Palast aufgewachsen. Isa hat gut für sie gesorgt, das muß man ihm lassen. Er hat sie hervorragend erziehen lassen. Sie kann nicht nur sehr schön singen, sondern auch auf außergewöhnliche Weise mit dem Pinsel und der Sticknadel umgehen. Außerdem hat Isa meine Tochter in den Wissenschaften unterrichten lassen. Sie ist ein sehr kluger Kopf, weiß Bescheid über den Lauf der Gestirne und kann ohne Hilfe etwas berechnen. Überdies kennt sie die wichtigsten Philosophen, und man kann sich mit ihr sehr anregend über die verschiedenen Geistesrichtungen unterhalten.“

Michael verdrehte heimlich die Augen. Klar, daß ein Vater immer ein Loblied auf seine Tochter singen mußte. Doch was Alauddin tat, war wirklich ein bißchen übertrieben, zumal er noch eins draufsetzte.

„Von Akbar, unserem großen Mogul, heißt es dagegen, er könne nicht einmal lesen und schreiben.“

„Wie?“ hakte Professor Ambrosius nach. „Und wer ist Akbar?“

Jetzt fiel Alauddin doch aus allen Wolken.

„Du kennst Akbar nicht? Woher kommst du? Ich lebe hier in der Einsamkeit der Berge, und doch erhalte ich immer Nachrichten von Akbars Ergehen und seinen großen Ruhmestaten. Aber ich sehe in deinem Gesicht, daß du tatsächlich unwissend bist. So höre, Fremdling: Akbar ist der Großmogul, ein muslimischer Fürst und unser oberster Herrscher. Er hat das Land mit seiner Güte und Weisheit zur Blüte gebracht."

„Moment mal", sagte Michael verblüfft. „Maharadscha ... Großmogul ... Jetzt kenne ich mich nicht mehr aus! Wer regiert denn nun eigentlich?"

„Die Maharadschas haben nur ein kleines Reich und unterstehen dem Großmogul", erklärte Alauddin geduldig. „Sie können manchmal eigene Entscheidungen treffen, bei wichtigen Fragen brauchen sie jedoch das Einverständnis des Moguls."

„Aha", machte Michael. „Jetzt geht mir ein Kronleuchter auf. Der Mogul ist also der oberste Boß, und ein Maharadscha hat nur ab und zu etwas zu sagen."

„Du drückst es zwar etwas vereinfacht aus, aber so ist es", entgegnete Alauddin.

„Dann würde ich an deiner Stelle den Fall vor den Großmogul bringen", schlug Michael vor. „Schreib ihm, was passiert ist. Erzähl ihm, wie du ausgetrickst worden bist."

Alauddin senkte den Kopf. „Das habe ich längst getan. Wieder und wieder habe ich ihm geschrieben, doch niemals habe ich eine Antwort erhalten. Ich kann meine Geschichte nicht beweisen, das ist klar. Akbar hält die Briefe sicher für das Werk eines Verrückten." Alauddin zuckte mit den Schultern. „Wer weiß, vielleicht bin ich das ja inzwischen."

„Unsinn", sagte der Professor. „Du bist ebensowenig verrückt wie wir." Er strich sich nervös über die Haare. Oh ja, er kannte das Gefühl gut, wenn alle anderen Leute einen ein wenig seltsam anschauten und sich heimlich an die Stirn tippten! Lange genug hatte er selbst unter einer solchen Behandlung gelitten. Irgendwann fing man dann unweigerlich an, an sich selbst zu zweifeln. ..."

„Wir brauchen also Beweise", nahm Michael den Faden wieder auf. „Okay, das Ganze noch mal von vorne. Hat Isa irgendein –"

„Halt", rief Alauddin so laut, daß alle zusammenzuckten. Er schlug sich gegen die Stirn. „Wie konnte ich das vergessen? All die Jahre habe ich nicht mehr daran gedacht. Isa besitzt ein Muttermal. Es sieht aus wie der Stoßzahn eines Elefanten."

„Na, das ist doch etwas", frohlockte Michael. Er fühlte sich plötzlich so erleichtert, als sei eine große Last von ihm genommen. „Und wo hat er das Muttermal?"

„Leider an keiner besonders auffälligen Stelle", antwortete Alauddin. Er deutete mit seinen dürren Armen auf den verlängerten Rücken. „Rechts unten. Man sieht es nur, wenn er nackt badet."

„Hach, wie dumm!" Michael ärgerte sich. „Dann wird es schwierig sein, ihm etwas nachzuweisen."

„Schwierig, aber nicht ausgeschlossen", ergänzte Thomas.

„Dann mach doch bitte mal einen Vorschlag, Mister Schlaumeier", giftete Michael. Es fuchste ihn gewaltig, weil ihm im Augenblick keine Möglichkeit einfiel, wie man ein Muttermal am Po als Beweismittel heranziehen konnte.

Heike kicherte. „Wie wär's, wenn man einen öffentlichen Wettbewerb veranstalten würde? Wer ist der schönste Maharadscha?"

„Sehr witzig", knurrte Michael. „Habt ihr noch mehr von diesen brauchbaren Ideen?"

„Es muß doch Leute geben, die wissen, daß Isa das Muttermal hat und Alauddin nicht", warf Thomas ein. Fragend schaute er Alauddin an. Dieser überlegte.

„Meine Eltern hätten sagen können, daß ich kein Muttermal an besagter Stelle besitze. Doch meine Eltern sind leider längst tot. Genau wie Sita."

„Und Isas Eltern?" forschte Michael. „Die müssen sich doch daran erinnern können, daß ihr Baby so einen komischen Elefantenzahn auf seinem Allerwertesten hatte."

„Das letzte, was ich von Isas Vater hörte, war, daß er im Kerker saß", antwortete Alauddin. „Ich fragte mich immer, wie Isa es fertigbringen konnte, seinen eigenen Vater einzusperren. Aber um Maharadscha zu werden, war ihm wohl jedes Mittel recht. – Siebzehn Jahre sind lang, aber es besteht die Möglichkeit, daß der Vater noch lebt."

„Und wenn sein Sohn ihn eingelocht hat, dann hat er sicher eine Riesenwut auf ihn und könnte gegen ihn aussagen", schlußfolgerte Michael.

„Er ist zornig auf Alauddin, nicht auf Isa", berichtigte Alauddin. „Wahrscheinlich hat er den Betrug überhaupt nicht gemerkt und ahnt nicht, daß sein Sohn der Maharadscha ist."

„Verzwickte Sache", gab Michael zu und rieb sich die Nase, wie immer, wenn etwas sehr kniffelig wurde. „Wir müssen jedenfalls herausfinden, ob der Vater noch am Leben ist. Wenn ja, könnte er die Sache mit dem Muttermal bestätigen, und dann bringen wir die Angelegenheit noch einmal vor den Großmogul. Aber diesmal haben wir einen Zeugen!" Seine Augen leuchteten vor Eifer.

Alauddin war skeptisch. Schweigend hörte er zu, welche Vorschläge die Zeitreisenden machten.

„Man müßte einen Vorwand finden, um beim Maharadscha vorgelassen zu werden. Vielleicht ergibt sich dann eine Gelegenheit, sich nach Isas Vater zu erkundigen." Thomas stützte sein Kinn in die Hand.

„Könnten wir uns nicht auch als Händler verkleiden?" schlug Michael vor.

„Und womit sollen wir handeln?" wandte Heike ein.

„Ich könnte euch meine Schnitzereien zur Verfügung stellen", bot Alauddin an. „Aber meine Handschrift ist bekannt", schränkte er gleich darauf ein. „Niemand sonst fertigt solche Tiere wie ich. Ihr könntet Schwierigkeiten bekommen. Möglicherweise hält man euch fest, weil man denkt, ihr hättet mich beraubt."

„Dann komm doch einfach mit", lud Michael ihn ein.

„Warum gehst du nicht selbst an den Hof des Maharadschas und fragst nach Isas Vater?" erkundigte sich Thomas. „Das wäre doch die einfachste Lösung!"

Alauddin sah zu Boden. Er flocht nervös die Finger ineinander. Als er sprach, klang seine Stimme leise und abgehackt.

„Jedesmal, wenn ich dort war, bin ich hinterher ganz verzweifelt. Der Palast, die Gärten – dies alles erinnert mich an die Zeit, als ich noch Herrscher war. Sobald ich Layla sehe, wird mein Herz schwer vor Sehnsucht. Ich muß an Sita denken, und die alte Wunde bricht wieder auf …“

„Verstehe“, murmelte Michael.

„Deswegen gehe ich auch nicht sehr oft hin“, gestand Alauddin.

„Ist klar“, meinte Heike. „Wenn es so weh tut …“

„Aber manchmal muß ich“, sagte Alauddin und ballte die Fäuste. „Dann will ich meine Tochter wiedersehen und mich selbst überzeugen, daß es ihr gut geht und daß sie glücklich ist.“

„Wir müssen ja nicht gerade als Händler auftreten“, griff Thomas das Thema wieder auf. „Wir können auch als Musiker gehen.“

„Als Musiker?“ Michael verschluckte sich fast. „Sobald ich einen Ton von mir gebe, fliegen wir hochkantig raus. Wenn ich singe, stürzen die Palastmauern ein. Die Vögel fallen ohnmächtig vom Himmel, und die Blumen welken. Nein, Musiker ist nichts für mich!“

„Du brauchst doch nur die Trommel zu schlagen“, sagte Thomas augenzwinkernd. „Heike führt einen Bauchtanz auf. Das sieht bestimmt nett aus.“

„Du Idiot“, fauchte Heike ihn an. „Glaubst du, ich habe Lust, im Harem des Maharadschas zu landen? Den Bauchtanz kannst *du* ja machen, wenn du Lust hast.“

Michaels Gesicht erhellte sich. „Ich hab’s! Wir gehen als Gaukler! Ich kann gut jonglieren, und Heike hat doch im letzten Sommer wegen irgendeines Sportabzeichens wie eine Wahnsinnige Handstand und Radschlagen geübt. Vielleicht kann sie’s noch. Onkel Ambrosius könnte sich aufs Nagelbrett setzen –“

„Wenn's weiter nichts ist", brummte der Professor. Er schüttelte den Kopf. „Ihr habt alle eine Meise, aber eine ganz große!"

Diesmal ließ sich Michael jedoch nicht so schnell von seiner Idee abbringen. „Thomas, du kannst doch ein paar Zaubertricks! Weißt du, jemandem eine Münze aus dem Ohr holen und all so was! Damit verblüffst du die Leute bestimmt."

„Toll", meinte Heike. „Wenn es dir gelingt, Michael in ein weißes Kaninchen zu verwandeln, dann kriegst du eine Belohnung von mir."

„Etwa einen Kuß?" fragte Thomas und grinste.

„Hach, das könnte tatsächlich gehen!" sagte Professor Ambrosius unvermittelt.

Heike wurde dunkelrot. „Wen ich küsse, bestimme ich noch immer selbst, basta!"

„Das meine ich doch gar nicht." Der Erfinder wedelte ungeduldig mit seinen Händen. „Ich rede von der Sache mit dem Nagelbrett."

Michael und Heike wechselten einen erstaunten Blick.

„Darauf zu sitzen, soll ja sehr entspannend sein", bemerkte Michael. „Sagt man wenigstens."

„Und womit willst du dich auspolstern?" erkundigte sich Heike.

„Überhaupt nicht."

„Ich wußte ja gar nicht, daß du so eine dicke Hornhaut an einer bestimmten Stelle hast!"

„Hab' ich auch nicht. Dafür hab' ich Grips im Kopf und zwar eine Menge. Ich brauche nur in einem bestimmten Bereich die Schwerkraft aufzuheben –"

„Ach ja, ganz einfach!"

„– und dann können die Nägel mich nicht mehr pieksen, weil zwischen mir und ihnen ein dickes Luftpolster ist. Und wenn ich den Trick noch etwas ausbaue und ein bißchen höher über dem Brett schwebe, dann ist mir der Beifall garantiert sicher!"

„Tut mir leid, aber ich verstehe jetzt gar nichts mehr“, meldete sich Alauddin zu Wort. „Was habt ihr vor?“

„Laß uns nur machen“, beschwichtigte Professor Ambrosius ihn, ohne nähere Erklärungen zu liefern. „Wir brauchen bloß ein Nagelbrett.“

„Ein Nagelbrett?“ wiederholte Alauddin verständnislos.

„Na, ein Holzbrett mit ganz vielen Spitzen.“ Der Erfinder kratzte eine Zeichnung in den Boden, um seinen Wunsch zu verdeutlichen. „Es müssen nicht unbedingt Eisennägel sein. Irgendwelche Spitzen – das tut's schon.“

„Hm, mal sehen, was sich machen läßt“, versprach Alauddin und zog sich in seine Hütte zurück. Diese war an einen Felsen gebaut. Die Zeitreisenden wußten inzwischen, daß seine Behausung durch eine Höhle vergrößert wurde und daß Alauddin tief im Felsen seine Schnitzwerkstatt hatte. Dort türmten sich unzählige fertige und unfertige Arbeiten. Hier befand sich auch Alauddins Materiallager – große und kleine Holzstücke, Hartholz, weicheres Holz, sogar Elfenbein ... Es war das reinste Museum. In den Jahren seiner Einsamkeit hatte Alauddin es zu großer Kunstfertigkeit gebracht. Sobald er schnitzte, waren seine Hände ganz ruhig. Wenn er einmal zitterte oder mit dem Messer abrutschte, konnte die ganze Arbeit verdorben sein.

Nach einer Weile kam Alauddin wieder zum Vorschein. In der Hand trug er ein grobes Brett. „Hier hinein könnte ich Löcher bohren und Holzspitzen einsetzen.“

Professor Ambroisus prüfte das Brett. „Hm, könnte gehen. Groß genug ist es.“

„Und wie viele Spitzen wünscht du?“

„Zwanzig in der Breite. Fünfzig in der Länge. Fünfzig mal zwanzig gibt Tausend.“

„Tausend?“ Alauddin zog erschrocken die Brauen hoch. „Weißt du, welche Arbeit es bedeutet, tausend Spitzen zu schnitzen?“

Selbst dem Professor kam die Zahl jetzt etwas hoch vor. „Na gut, dann schnitz nur fünfhundert. Oder dreihundert.

Wenn man sie gleichmäßig verteilt, müßte die Anzahl reichen. Aber mach sie ordentlich spitz!"

Alauddin kehrte kopfschüttelnd in seine Hütte zurück. Etwas später brachte er ein Muster.

„Entspricht das deinen Wünschen?"

Das Holzstück maß ungefähr zehn Zentimeter in der Länge und war an einer Seite so angespitzt, daß man jemanden damit hätte erdolchen können.

„Sehr schön", lobte der Professor. „Jetzt mach noch zweihundertneunundneunzig andere davon."

„Verflixt und zugenäht!"

Michael grinste, als er den Professor fluchen hörte. „Würde mich nicht wundern, wenn er den Mund zu voll genommen hat", vertraute er Thomas an. „Eine Schwebevorrichtung! Aufhebung der Schwerkraft! Ich bin gespannt, wie er sich das vorstellt!"

„Du kennst deinen Großonkel doch", erwiderte Thomas. „Er ist nur glücklich, wenn er irgend etwas austüfteln kann."

Heike assistierte dem Erfinder. Er kommandierte sie herum und schnauzte sie an, wenn sie ihm ein falsches Teil reichte oder nicht gleich kapierte, was er von ihr wollte. Seine Befehle bestanden meistens nur aus sehr kurzen Sätzen.

„Halt das!" – „Höher!" – „Die Schraube!" – „Drück auf der Fernbedienung die Drei!"

Sie arbeiteten in einer kleinen, blickgeschützten Talmulde. Dort stand die Zeitmaschine, und der Professor konnte ab und zu Archie zu Rate ziehen, wenn er nicht mehr weiterwußte. Der Computer konnte es sich nicht verkneifen, er mußte seine Meinung zu Ambrosius' Plänen verkünden.

„Sie als Fakir! Ich lache mich tot!"

Wenn der Professor etwas nicht vertrug, dann war es Kritik. Er hob den Kopf und grunzte, eine Schraube im Mund:

„Erstens geht dich das gar nichts an, und zweitens lachen Computer nicht!"

„*Normale* Computer vielleicht", murmelte Archie. „Ich aber bin eine Künstliche Intelligenz!"

„Ich verwünsche jetzt noch den Tag, an dem ich auf die Idee gekommen bin, dich zu erschaffen", nuschelte der Professor und stöpselte die Schraube in das dafür vorgesehene Loch. Sie rutschte wieder heraus und fiel ins Gras. „Kuckuck noch mal!"

Heike fand sie nach einigem Suchen wieder.

„Danke", murmelte Professor Ambrosius. „Du bist mir eine tausendmal größere Hilfe als dieser vermaledeite Computer." Er drehte die Schraube ins Loch. „So, jetzt bin ich mal gespannt. Noch rasch die beiden Kabel an die Batterie angeklemmt! Gut." Er setzte sich ins Gras, zog die Knie an und machte einen geraden Rücken. „Lege den roten Hebel um, Heike."

„Hoffentlich hast du dein Testament gemacht, Onkel Ambrosius", meinte Michael, dem es nun doch ein bißchen mulmig war. Die Experimente des Professors gingen oft schief, das wußte er aus Erfahrung.

„Wenn ich sterbe, dann erbt ihr die Zeitmaschine", antwortete der Erfinder. „Archie könnt ihr meinetwegen Frau Schneider vermachen. Vielleicht taugt er wenigstens etwas als Koch-Computer!"

Michael schielte mißtrauisch zur Zeitmaschine. Es hätte ihn nicht gewundert, wenn Archie aus Rache einen Kurzschluß fabriziert hätte. Professor Ambrosius legte es offenbar auf einen Streit an. Wenn er lange an einer technischen Bastelei herumgefummelt hatte, wurde er nervös und entsprechend zänkisch.

Doch Archie behandelte den Erfinder diesmal mit Gleichmut.

„Schalt ein", wiederholte Professor Ambrosius mit einem Blick auf Heike.

Das Mädchen preßte die Lippen zusammen, streckte die Hand aus und legte den Hebel um, wie es der Professor befohlen hatte. Michael hielt vor Spannung die Luft an.

Nichts geschah. Der Professor wurde nicht von magischen Kräften in die Luft gehoben, wie er es erwartet hatte. Er hockte noch immer im Gras und machte ein dummes Gesicht.

„Verflixt noch mal, was ist jetzt schon wieder schiefgelaufen?“

Als Antwort erhielt er ein Bellen. Es kam aus der Luft.

Die Blicke der Zeitreisenden wanderten nach oben.

„Meine Güte, Moorteufel!“ entfuhr es Thomas.

Der Hund schwebte ungefähr drei Meter über der Erde. Er strampelte wie wild, denn er hatte keine Ahnung, was mit ihm geschehen war. Plötzlich war ihm der Boden unter den Füßen weggerissen worden, und ein Sog hatte ihn in die Luft getragen, wo er nun hilflos hing. Moorteufel winselte voller Verzweiflung.

„Es hat doch funktioniert!“ triumphierte der Professor. „Ich habe bloß das Anti-Schwerkraft-Feld nicht richtig eingestellt.“

„Wie kriegen wir den armen Kerl da wieder runter?“ Heikes Herz krampfte sich zusammen, als sie sah, wie der Hund litt.

„Ausschalten!“ kommandierte der Professor.

Heike gehorchte. Thomas reagierte geistesgegenwärtig und fing Moorteufel auf, der im Sturzflug herunterkam. Der Hund hatte ein stattliches Gewicht, und Thomas ging zu Boden.

„Entschuldigung!“ Heike preßte erschrocken ihre Hand auf den Mund. „Das habe ich nicht gewollt! Bist du verletzt?“

Thomas stand auf, betastete erst seine Knochen und dann Moorteufel. „Alles okay!“

Der Professor beugte sich schon wieder über das graue Kästchen, das das Anti-Schwerkraft-Feld steuern sollte. Er stöpselte einige Drähte um, und Heike fragte sich insgeheim, ob er sich in dem Gewirr von Kabeln überhaupt noch auskannte.

„Jetzt müßte es stimmen.“ Der Erfinder hockte sich ins Gras.

„Schalt ein!“

Heike weigerte sich. „Ich will nicht schuld sein, wenn wieder etwas passiert!“ Sie traute dem Gerät nicht.

„Dann mach du's, Michael“, befahl Professor Ambrosius seinem Großneffen.

„Auf die Plätze, fertig, los!“ Michael grinste schief und drückte den Hebel hoch.

Die Kinder sahen, wie der Professor sanft in die Luft gehoben wurde. Er schwebte ungefähr einen halben Meter über der Erde. Es war sehr beeindruckend.

„Ein tolles Gefühl“, jubelte der Professor. „Phantastisch! Ich schwebe! Als nächstes werde ich mir einen fliegenden Teppich bauen!“

„Es funktioniert tatsächlich.“ Heike staunte.

„Was habt ihr denn gedacht? Natürlich funktioniert es!“ Professor Ambrosius legte sich waagerecht hin und streckte sich aus. Nun sah er aus wie eine schwebende Jungfrau.

„Den Trick mußt du unbedingt mal in unserer Schule vorführen“, murmelte Michael. „Unser Sportlehrer kriegt einen solchen Schock, daß er mich für alle Zeiten in Ruhe läßt!“

„Genug“, sagte der Erfinder und richtete sich wieder auf. „Wir wollen nicht unnötig die Batterien verschwenden, sonst haben wir keinen Strom mehr für die Vorstellung am Hof des Maharadschas.“

Michael schaltete das Gerät aus, und der Erfinder plumpste hart auf den Boden.

„Du Dummkopf! Soll ich mir sämtliche Knochen brechen?“ fauchte er. „Hör wenigstens auf, so schadenfroh zu lachen!“

„Ich lache ja gar nicht“, protestierte Michael. „Nie würde ich –“

Er verstummte, denn jetzt hörte er selbst, wie jemand hinter ihnen lachte.

„Zu komisch“, japste Archie. „Schade, daß ich die Szene

nicht aufgezeichnet habe. Das Bild in meinem Datenspeicher – und ich hätte etwas zu meiner Unterhaltung, wenn ich mal wieder in der fünften Dimension herumhänge!“

„Eins, zwei, drei vier!“ Die Granatäpfel kreisten so schnell durch die Luft, daß man kaum zuschauen konnte. „Hurra, ich hab’s geschafft! Ich kann mit vier Äpfeln jonglieren!“

Kaum war Michaels Triumphschrei erklungen, fiel die erste der vier Früchte zu Boden. Plopp, plopp, plopp – die drei anderen folgten.

„So ein Mist!“

Michael rutschte auf den Knien den kullernden Granatäpfeln hinterher.

„Vielleicht solltest du doch nur mit drei Äpfeln jonglieren“, meinte Heike.

„*Besser mit dreien jongliert, als sich mit vieren blamiert*“, kam Archies Kommentar aus der Zeitmaschine.

„Eines Tages erwürg’ ich diesen Computer doch noch“, schwor Michael und kehrte mit seinen vier Granatäpfeln zurück. Er stellte sich in Positur und begann erneut seine Übungen. Sein Ehrgeiz war geweckt. Wenn schon, dann wollte er mit vier Bällen auftreten. Drei Bälle waren Kinkerlitzchen!

Heike versuchte inzwischen, ihre Turnkünste aufzufrischen. Der Handstand klappte noch ganz gut. Sie konnte eine Minute und länger stehenbleiben, ohne umzufallen. Aber das Rad hatte Schlagseite, besonders rechts.

„Das hast du letztes Jahr besser hingekriegt“, sagte Michael kritisch.

„Ich krieg’ es auch jetzt noch hin, du wirst schon sehen“, sagte Heike entschlossen. Erschöpft ließ sie sich ins Gras fallen. Nach zwanzig Versuchen war ihr total schwindelig. In ihrem Kopf kreiste es, ohne daß sie erst Michaels Granatäpfel zuschauen mußte. Heike stöhnte.

„Das liegt am Alter“, feixte Michael. „Ab vierzehn werden die Knochen müde.“

„Du bist und bleibst ein Idiot", sagte Heike liebevoll.

Michael zielte mit einem Granatapfel nach ihr und verfehlte. Die Frucht sauste knapp an ihrem Kopf vorbei.

„Und ab zwölf zittern die Hände und die Sehkraft läßt nach", murmelte Michael und zuckte mit den Achseln.

„War dein Glück, daß du mich nicht getroffen hast", knurrte Heike. Sie warf einen Blick auf Thomas, der im Gras saß und übte, kleine Steine unauffällig verschwinden zu lassen. „Ich bin gespannt, wann es ihm gelingt, Moorteufel in eine Taube zu verwandeln."

„Das brauchst du nur Onkel Ambrosius zu sagen. Der ist imstande und baut gleich einen Tierumwandler!" Michael ahmte den Professor nach. *„Nichts leichter als das! Man muß die Moleküle nur in einer etwas anderen Form anordnen ..."*

Heike grinste. In diesem Augenblick schaute Thomas auf. „Oh, welch ein bezauberndes Lächeln! Gilt es mir, oder lachst du mich wieder mal aus?"

Heike überhörte die Frage. „Wie klappt's mit deinen Tricks?"

Thomas stand auf und kam zu ihr herüber. „Die habe ich jetzt ganz gut drauf. Ich möchte nur wissen, was man hier so an Zaubertricks kennt. Davon hängt die Wirkung ab. Wenn meine Tricks neu sind, dann machen sie Eindruck. Aber wenn sie bekannt sind, dann fangen die Zuschauer todsicher an zu gähnen. – Oh, du hast hier was!" Er berührte Heikes Ohr und tat so, als hole er einen blauschimmernden Stein heraus. „Sieh an, sieh an. Du hast ja Saphire im Kopf. Dann ist dein Herz wahrscheinlich ein Diamant. Kein Wunder, wenn du mich nicht lieben kannst."

„Heike ist wie Professor Ambrosius", mischte sich Michael ein. „Total cool, wenn's um Liebe geht. Die verliebt sich höchstens mal in ein Pferd."

„Oh, ihr blöden Kerle!" Heike ärgerte sich und stand auf. „Wenn ihr unbedingt Witze reißen müßt, dann sucht euch jemand anderen aus." Sie ging davon.

„Das hättest du nicht sagen sollen." Thomas sah ihr nach

„Ach was, das gibt sich schon wieder. – Aber zeig mal den Stein her. Ist das wirklich ein Saphir?“

„Quatsch. Der glänzt bloß ein bißchen blau. Ich hab’ ihn im Tal gefunden.“

„Sieht toll aus“, sagte Michael.

Thomas steckte den Stein wieder ein. „Wie weit ist Ambrosius’ Nagelbrett?“

„Heute morgen war es zu drei Vierteln fertig. Alauddin schnitzt wie ein Verrückter. Ich glaube, er freut sich heute schon darauf, wenn er wieder mal einen Elefanten anfertigen kann und nicht nur diese stumpfsinnigen Spieße!“

„Macht er sich eigentlich Gedanken darüber, woher wir kommen?“

„Onkel Ambrosius hat ihm gesagt, daß wir Europäer sind, und damit ist Alauddin ganz zufrieden. Wenn du mich fragst – er weiß sehr wohl, daß wir ein bißchen rätselhaft sind, aber er hütet sich davor, unser Geheimnis zu ergründen. Du hast sicher schon gemerkt, daß Alauddin sehr schicksalsgläubig ist. Was ist, ist – basta! Ich glaube, er ist froh, daß wir gekommen sind, um ihm zu helfen, und deswegen fragt er nicht, warum.“

„Hm“, brummte Thomas. „Manchmal ist Alauddin ein bißchen schwierig zu verstehen, findest du nicht? Ich meine, an seiner Stelle hätte ich viel mehr Wirbel gemacht.“

Michael hob die Schultern. „Ich wahrscheinlich auch. Aber wir sind nicht Alauddin. Und der Tod seiner Frau hat ihn schwer mitgenommen, das merkt man manchmal jetzt noch – nach siebzehn Jahren.“

Thomas beschirmte seine Augen. „Da kommt der Professor! Und er trägt das Nagelbrett! Jetzt kann die Show ja bald losgehen.“

Am Hof des Maharadschas

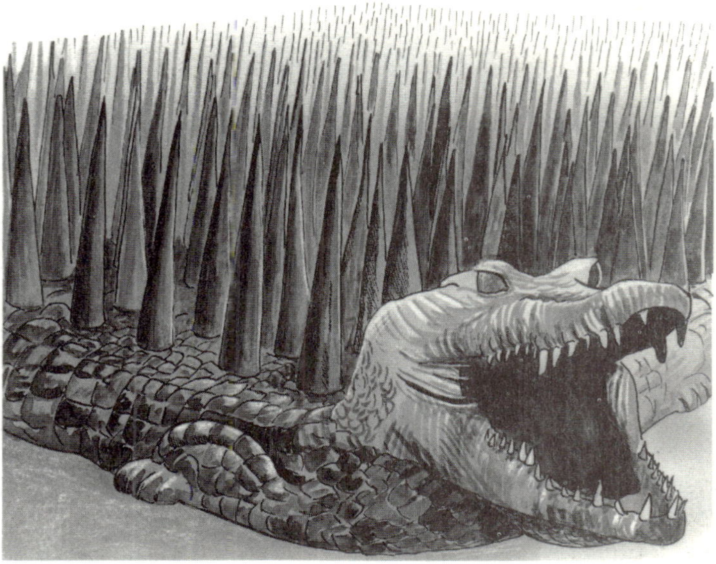

„Was seid ihr? Künstler?" Der Pförtner musterte mißtrauisch die vier Gestalten, die vor dem Tor standen und um Einlaß gebeten hatten. „Und was könnt ihr?"

„Wir zeigen die weltbesten Zauberkunststücke", antwortete Thomas. „Berühmt in Werthausen und in Indien noch nie gezeigt." Er trug eines von Alauddins Gewändern. Es war grau und ganz einfach geschnitten, aber es hatte große Taschen – wichtig für seine Tricks! Heike war jedoch nicht damit zufrieden gewesen, sondern hatte das Kleid etwas verändert. Sie hatte Alauddins Kisten und Regale durchgewühlt und tatsächlich etwas Brauchbares gefunden. Mit ein paar glitzernden Stoffstücken in Form von Mond und Sternen sah das brave Gewand schon ganz anders aus. Außerdem hatte Heike Thomas einen seidenen Schal um den Kopf geschlungen und zu einem Turban verknotet. Sie hatte seine Augen mit Kohle schwarz umrandet und links und rechts auf seine Wangen einen Drudenfuß gemalt. Jetzt sah Thomas richtig geheimnisvoll und wie ein echter Zauberkünstler aus. Als Maskenbildnerin hatte Heike großes Talent, das mußte man ihr lassen.

Der Pförtner war jedoch von Thomas' Aufmachung wenig beeindruckt. „Heute sind schon zwei bengalische Feuerschlucker gekommen. Außerdem steht ein Schlangenbeschwörer auf dem Programm. Das reicht. Kommt ein andermal wieder."

Er wollte die Klappe vor den Zeitreisenden zuschlagen, doch Professor Ambrosius hinderte ihn daran.

„Was sind zwei lumpige Feuerschlucker im Vergleich zum Schwebenden Ambrosius? Erlebt die Aufhebung der Schwerkraft! Weltpremiere hier und heute, am Hof des Maharadschas!"

Der Pförtner starrte auf das Brett mit den dreihundert drohenden Holzspitzen.

„Holla! Das willst du wirklich aushalten – ohne Kissen?"

„Natürlich. Ohne Kissen und ohne Tricks."

Der Pförtner schaute auf Heike. „Und was kann das Weib?"

Heike hatte ihre Jeans hochgekrempelt und über ihrem T-shirt ebenfalls ein Seidentuch verknotet. Ihr Haar hatte sie mit lauter Holzperlen verziert. Außerdem war sie fast bis zur Unkenntlichkeit geschminkt.

„Die holde Heike schlägt das Schicksalsrad", kam Michael seiner Schwester zuvor. „Außerdem zeigt sie exklusiv den einhändigen Handstand. Wenn noch Zeit bleibt, wird sie auch mit den Zehen jonglieren."

Heike wollte schon protestieren, doch Michael stieß sie heimlich in die Rippen.

„Kein Bauchtanz?" wollte der Pförtner wissen.

„Bauchtanz ist eigentlich nicht vorgesehen“, murmelte Michael unsicher.

„Was für ein Glück!“ sagte der Pförtner. „Letzte Woche sind dreiundzwanzig Tänzerinnen hiergewesen, und diese Woche haben auch schon vierzehn vorgesprochen. Der Maharadscha hat genug. Der nächsten Bauchtänzerin will er den Kopf abschlagen. Oder mir, wenn ich sie einlasse.“

Er winkte die Zeitreisenden durchs Tor. Hinter ihnen wartete bereits wieder ein Mann.

„Geschlossen“, fauchte der Pförtner ihn an. „Es sind genug Leute da. Ich hab' jetzt Feierabend.“ Er wollte die Klappe zuschlagen.

„Einen Moment noch!“ Der Mann hob seinen Korb hoch und öffnete den Deckel. „Wirf wenigstens einen einzigen Blick auf meine kleine Kobra. Ist sie nicht niedlich?“

„Kobras hatten wir gestern und vorgestern. Heute ist auch schon ein Schlangenbeschwörer da. Geh heim und komm ein andermal wieder! Aber nur mit einer Pythonschlange! Der Maharadscha liebt nämlich die Abwechslung!“

„Ich habe Bauchweh“, jammerte Michael. „Und überall diese widerlichen Blumen mit dem kitschigen Duft. Mir ist richtig schlecht.“

„He, du hast wohl Lampenfieber?“ Heike sah ihren Bruder besorgt an. Hoffentlich machte er nicht schlapp! Die Schminke lief über sein Gesicht, und der Turban, den Heike ihm gewickelt hatte, war verrutscht.

Es war furchtbar heiß. Die Hitze knallte mitten in den Palastgarten. Die Marmorplatten – weiß und dunkel – speicherten die Wärme und gaben sie zurück. Die Bäume spendeten nur geringen Schatten, und dort drängten sich bereits die Leute. Der Springbrunnen war völlig umlagert.

„Leih mir doch mal dein Schwebegerät, Onkel Ambrosius“, verlangte Michael und richtete seinen Blick sehnsüchtig auf die Wasserfontäne. „Ich leg' mich oben auf den Wasserstrahl. Hach, müßte das herrlich sein.“ Er seufzte.

„Wir sind bald dran", stellte Thomas fest. „Nach den Feuerschluckern kommen wir an die Reihe."

„Bei der Hitze noch Feuer schlucken!" Heike schüttelte sich. „Das ist ja der reine Selbstmord."

Professor Ambrosius reckte sich. „Seht ihr irgendwo den Maharadscha? Ich würde mir den Burschen gerne mal anschauen! Ob er wirklich solche Ähnlichkeit mit Alauddin hat?"

„Vor siebzehn Jahren waren sie sich ähnlich", berichtigte Thomas. „Inzwischen können sie ganz unterschiedlich aussehen."

„Richtig." Der Professor nickte. „Das Leben prägt die Gesichter. Dem Maharadscha geht es sicher gut. Gewiß hat er runde Backen und einen großen Bauch."

„Und Alauddin ist klapperdürr", murmelte Heike. Sie mußte an Alauddins Falten denken, an seine traurige Miene und die nachdenklichen braunen Augen.

„Dort kommt die Prinzessin", verkündete Michael und stellte sich auf die Zehenspitzen, um besser sehen zu können. Jubelrufe erklangen, als eine blaugekleidete Gestalt eine breite Treppe herunterkam. Blumen flogen in die Luft, und die Leute reckten sich, um einen Blick auf die Prinzessin zu erhaschen.

„Sie kommt wahrscheinlich runter, um sich bei den Feuerschluckern zu bedanken", vermutete Michael.

Die beiden Artisten strengten sich noch mehr an. Eine zentimeterlange Stichflamme schoß dem einen aus dem Mund. Beifall brandete auf. Dann war die Vorstellung beendet.

Die Prinzessin legte jedem der beiden Männer einen Blumenkranz um den Hals und gab ihnen ein Goldstück.

„Jetzt sind wir dran", sagte Thomas.

Sie drängten sich nach vorne. Die Leute machten ihnen bereitwillig Platz, als sie das Nagelbrett des Professors sahen.

„Bestimmt fange ich keinen einzigen Ball", bangte Michael. Er war ganz bleich unter seiner Schminke. In seinem

Bauch kribbelte es vor Aufregung. „Wenn wir wenigstens noch ein bißchen Zeit hätten, um zu proben …"

Doch da waren sie schon auf dem runden Platz, auf dem die Vorführungen stattfanden. Einige Palastwächter hielten die Zuschauer zurück, denn manche wollten vorstürmen und sich der Prinzessin zu Füßen werfen.

Die Zeitreisenden verneigten sich. Heike fühlte, wie ihr Herz klopfte. Das Blut rauschte in ihren Ohren. Jetzt hatte sie ebenfalls Lampenfieber.

Der Professor stellte sich und die anderen vor. So hatten sie es vorher abgesprochen.

„Wir stammen aus einem fernen Land und sind extra hierher gekommen, um an diesem Hof unsere Kunststücke vorzuführen. Seht den Schwebenden Ambrosius und die tollkühne Akrobatik von Heike, der Frau ohne Knochen. Erlebt die Geschicklichkeit von Michael, dem Mann mit den vier Händen. Laßt euch verzaubern von Thomas, dem sensationellen Magier!"

„Ich kann nicht", flüsterte Michael. „Mir ist schlecht! Ich verpatze alles!"

„Dann fange ich eben an", gab Thomas ebenso leise zurück. Er trat vor, zeigte lächelnd seine Steine und ließ sie dann im Handumdrehen verschwinden. Mit geheimnisvoller Miene durchquerte er den Kreis, blieb dann vor einem Zuschauer stehen und tat so, als würde an dessen Gesicht etwas nicht stimmen. Schließlich zog er dem Mann blitzschnell einen blauen Stein aus der Nase.

„Ohhh!"

„Ahhh!"

„Ach was, er hat den Stein aus seiner Tasche geholt, ich hab's genau gesehen!"

Thomas' Lächeln gefror. Verflixt, er war doch so schnell wie immer gewesen! Aber der Mann hatte anscheinend Argusaugen!

‚Weitermachen', befahl sich Thomas innerlich. ‚Bloß nicht aus der Ruhe bringen lassen!'

Er spulte sein ganzes Programm ab, ließ Tücher verschwinden, die dann zusammengeknotet wieder zum Vorschein kamen, tat so, als sei seine Hand von einem Nagel durchbohrt und zerschnitt eine Schnur, um sie hinterher unversehrt zu zeigen. Manche Tricks kamen an, andere riefen bei den Zuschauern nur ein müdes Lächeln hervor. Thomas war froh, als sein Part vorbei war.

Nun zeigte Heike ihre Kunststücke. Der Handstand klappte noch einigermaßen, aber schon nach einer Viertelminute geriet sie aus dem Gleichgewicht. Sie zog den Kopf ein, ließ sich elegant abrollen und sprang mit strahlendem Lächeln auf. Man spendete ihr mäßigen Beifall.

Heike wurde nervös. Das war ein Fehler, denn dadurch ließ ihre Konzentration nach. Die Räder, die schon bei den Proben nicht einwandfrei gelungen waren, wurden schiefer denn je. Heike versuchte, die Situation zu retten, indem sie die Übungen mit ein paar Ballettsprüngen und Hopsern abschloß. Zum Schluß sank sie vor der Prinzessin auf den Boden. Es war miserabel gewesen! Am liebsten wäre sie vom Erdboden verschluckt worden!

Jetzt kam Michael an die Reihe. Für seine Vorführung hatte er vier kleine Granatäpfel ausgewählt, die gut in der Hand lagen. Aber schon bevor er begann, rutschte ihm der erste aus den Fingern und fiel zu Boden. Das fing ja heiter an!

Michael beschloß, auf Nummer sicher zu gehen, und doch lieber nur mit drei Granatäpfeln zu jonglieren. Aber selbst das wurde zur Katastrophe! Die Früchte glitschten ihm weg, er fand nicht den richtigen Rhythmus, und seine Hand griff nie im richtigen Moment zu. Es sah aus, als habe er noch nie jongliert. Ein Anfänger hätte sich nicht schlimmer anstellen können! Nicht lange, da lachten ihn die Zuschauer aus.

Michael versuchte, die Situation zu retten, indem er das Ganze ins Witzige zog. Er spielte nun absichtlich den Clown, schnitt Grimassen und plumpste ungeschickt hin, wenn er versuchte, die Granatäpfel aufzuheben. Zum Schluß zog er sich schwitzend zurück. Geschafft, aber wie!

„Fehlt nur noch, daß die Batterien versagen“, brummte Professor Ambrosius. Er rechnete inzwischen mit dem Schlimmsten.

Alle Zuschauer waren jetzt gespannt auf die Vorführung mit dem Nagelbrett. Das Brett sah ungemein gefährlich aus. Alauddin hatte es nicht dabei belassen, ein einfaches Brett mit Holzspitzen zu bespicken, sondern er hatte das Vorderteil mit einem hölzernen Krokodilkopf versehen. Der Professor legte das Nagelbrett auf den Boden.

„Und nun, meine Damen und Herren, findet eine wunderbare Aufhebung der Schwerkraft statt. Ich bitte um gespannte Aufmerksamkeit!“ Er tat so, als wolle er sich auf das Brett setzen. Dabei machte er Heike mit dem Kopf ein Zeichen.

Das Mädchen bückte sich und legte den Hebel des grauen Kästchens um.

Professor Ambrosius schwebte einen Millimeter über den Holzspitzen. Für die Zuschauer sah es aus, als würde er direkt auf den Spitzen sitzen. Der Erfinder lächelte fröhlich und breitete die Arme aus. Ein Raunen ging durch die Menge.

„Bitte Ruhe! Ich muß mich konzentrieren!“ Professor Ambrosius machte ein nachdenkliches Gesicht. Heike drehte an einem Knopf. Langsam, wie von magischer Kraft emporgehoben, schwebte der Professor nach oben.

Die Zuschauer schrien vor Verblüffung und Begeisterung. Vor ihren Augen fand etwas Unmögliches statt! Da gelang es einem Menschen tatsächlich, sich in der Luft zu halten, ohne herunterzufallen! Professor Ambrosius verschränkte die Arme und schaute würdevoll drein. Er war zufrieden mit der Wirkung, die der Trick erzielte. Wenigstens ein Triumph nach all den Blamagen!

Auch die Prinzessin war beeindruckt. Jetzt hatte der Erfinder Gelegenheit, Alauddins Tochter genau zu betrachten. Sie wandte ihm direkt das Gesicht zu.

Professor Ambrosius sah Prinzissin Layla an. Es war, als

würde ihn ein Blitz treffen. Sie war das schönste Geschöpf unter der Sonne. Die dunklen Augen, der rote Mund und das schwarze, lockige Haar! Ihm wurde abwechselnd heiß und kalt. So etwas hatte er noch nie erlebt.

Er konnte seinen Blick nicht abwenden. Was für eine wunderbare Frau! Er konnte plötzlich verstehen, daß sich Isa und Alauddin wegen Sita zerstritten hatten. Wenn sie so schön gewesen war wie Layla, brauchte man sich nicht zu wundern ...

„Soll ich aufhören?“ signalisierte Heike. Sie hatte die Hand am Hebel.

Der Professor reagierte nicht. Er saß in der Luft und starrte wie verzückt die Prinzessin an. Was war mit ihm los? Bekam ihm die Anti-Schwerkraft nicht? Hatte das Schweben etwa einen unerwünschten Nebeneffekt?

Heike war verunsichert. Sie schaute zu Michael. Der zuckte mit den Achseln.

„Versuch's noch mal“, raunte er.

„He, Onkel Anbrosius!“ zischte Heike. „Ich schalte gleich aus. Ich nehme die Anti-Schwerkraft zurück, okay?“

Doch der Professor hatte nur Augen für die Prinzessin. Sie lächelte ihn an, und ihm wurde ganz warm ums Herz. Es war ein Glücksgefühl, wie er es bisher nur ein einziges Mal im Leben empfunden – nämlich damals, als er seine erste Zeitmaschine gebaut und sie tatsächlich funktioniert hatte.

„Der ist taub geworden“, stellte Michael fest. Er verdrängte Heike, die noch immer zögerte, von ihrem Platz und drehte entschlossen den Knopf zurück. Etwas zu schnell und zu heftig. Es gelang ihm nicht, rechtzeitig abzubremsen, und so machte der Professor eine kurze Bekanntschaft mit den Holzspitzen.

„Bist du verrückt?“ Heike riß Michael das Gerät aus der Hand und drehte selbst. Der Professor schwebte wieder, jetzt aber mit schmerzverzerrtem Gesicht. Trotzdem versuchte er zu lächeln. Es wurde eine erbärmliche Grimasse daraus.

Michael ging hin, bot ihm seinen Arm an und half ihm von seinem unsichtbaren Sitz herunter, während Heike das Anti-Schwerkraft-Feld ausschaltete. Professor Ambrosius verbeugte sich. Er erntete großen Beifall.

„Du warst toll", flüsterte Michael ihm zu. „Schau, die Prinzessin kommt, um dir eine Blumenkette umzuhängen. Vergiß nicht, weswegen wir hergekommen sind!"

Der Professor schluckte. Layla trat lächelnd auf ihn zu. Er roch ihr Parfüm, und ihr liebliches Gesicht war ganz nah. Professor Ambrosius hatte das Gefühl, gleich ohnmächtig werden zu müssen. Was war nur mit ihm los?

Die Prinzessin legte ihm eine Kette aus roten Hibiskusblüten um. „Es war großartig", lobte sie ihn. „Noch nie habe ich einen Menschen gesehen, der tatsächlich in der Luft schweben kann. Ich habe zwar schon oft davon gehört. Angeblich gibt es heilige Männer in den Bergen, die fasten und meditieren. Eines Tages können sie sich dann in die Luft erheben."

Es war eine lange Rede für die Prinzessin und ein großer Gunstbeweis für einen Artisten. Doch Professor Ambrosius hatte kaum den Sinn ihrer Worte begriffen. Er war vollkommen fasziniert von ihrer wohltönenden Stimme. Erst Michaels Rippenstoß brachte ihn wieder zur Besinnung.

„Vielen herzlichen Dank", stammelte der Erfinder. „Welch eine Ehre – eine Blumenkette aus Eurer Hand! Ich werde die Blüten trocknen und für immer aufbewahren."

Laylas Lächeln wurde noch ein bißchen breiter.

„Erlaubt mir noch eine Frage", stotterte Professor Ambrosius auf einen weiteren Rippenstoß hin. „Ein Bekannter eines Bekannten soll sich hier im Palast aufhalten." Er schluckte. „Genauer gesagt im Kerker. Er wurde vor vielen Jahren eingesperrt, und mein Bekannter möchte gerne erfahren, ob er noch am Leben ist." Er senkte den Blick, denn er hielt es nicht aus, Layla noch länger in die Augen zu sehen. Er hatte den Eindruck, sich darin zu verlieren. Noch nie war ihm so etwas passiert!

„Wenn du mir den Namen des Gesuchten sagst, dann werde ich mich nach ihm erkundigen“, antwortete Layla huldvoll.

Oh, ihre Stimme! Professor Ambrosius zuckte bei jedem Wort zusammen. Der reinste Balsam für die Ohren!

Jetzt schaltete sich Michael ein. Der Zustand seines Großonkels war ihm nicht entgangen. Das Anti-Schwerkraft-Feld schien eine Art Konzentrationsschwäche bei ihm hervorgerufen zu haben.

„Der Mann heißt Jahan und stand vor Jahren im Dienst des Maharadschas“, sagte Michael. „Er war einer seiner Pächter.“

Layla wandte sich dem Jungen zu. „Ich kenne niemanden mit diesem Namen, aber wenn ihr euch eine Weile geduldet, werde ich nach ihm fragen lassen.“

„Das wäre sehr nett“, erwiderte Michael. „Wir warten gerne.“

Die Prinzessin deutete mit einer Handbewegung auf einen Terrassenvorsprung. Dort sollten sich die Zeitreisenden aufhalten. Dann winkte sie einen Palastwächter herbei und flüsterte ihm etwas ins Ohr. Der Mann nickte und verschwand.

„Verflixt hübsches Ding“, murmelte Professor Ambrosius und rieb sich verlegen den Nacken.

„Hast du dir wehgetan?“ fragte Heike. „Michael hat zu schnell an dem Knopf gedreht, und ich konnte nicht vermeiden, daß du … He, hörst du mir überhaupt zu?“ Sie rüttelte ihren Großonkel am Arm.

„Äh, was hast du eben gesagt, liebe Heike?“

„Ich habe gefragt, ob du dich verletzt hast“, wiederholte Heike ungeduldig.

„Verletzt? Warum?“

„Aber du bist doch auf die Holzspitzen gefallen, und da müßtest du eigentlich –“

„Was redest du da dauernd? Ich habe mich noch nie so wohlgefühlt wie jetzt!“

„Aber es *hat* dir wehgetan!“ beharrte Heike. „Ich hab’ genau gesehen, wie du das Gesicht verzogen hast!“

„Ich habe mein Gesicht verzogen?“ Professor Ambrosius schaute sie fragend an. Seine Augen hatten einen eigentümlichen Glanz, den Heike noch nie bei ihm gesehen hatte.

Das Mädchen gab es auf. Wenn der Erfinder keine Schmerzen hatte, um so besser. Das Wichtigste war jetzt, daß sie erfuhren, was aus Jahan geworden war und ob er noch im Palast gefangengehalten wurde.

Inzwischen ging das Programm weiter. Der Schlangenbeschwörer war an der Reihe. Es war ein ausgemergelter alter Mann mit eingefallenen Wangen und dunklen Augen, die durch seine Hagerkeit übergroß wirkten. Mit geheimnisvollen Gesten öffnete er seinen geflochtenen Korb. Dann nahm er ein Stück davon entfernt auf einem Sitzkissen Platz. Er holte eine schlanke, elfenbeinerne Flöte hervor und begann, eine Melodie zu spielen.

Nicht lange, da erschien in der Öffnung des Korbs ein Schlangenkopf. Ein Hals wuchs empor. Auf dem breiten Nacken waren deutlich zwei ineinander verschlungene Ringe zu erkennen.

„Eine Brillenschlange“, stieß Michael aus. „Eine Kobra!“

Der Schlangenbeschwörer starrte die Schlange an, und diese schien ihn wiederum mit ihren Augen zu fixieren.

„Puh, hoffentlich hat er ihr den Giftzahn gezogen“, meinte Michael und schüttelte sich vor Grauen. „Kobras sind ziemlich angriffslustig, wie ich gehört habe. Die beißen nicht nur zu, sondern spucken ihrem Gegner auch das Gift ins Gesicht.“

„Igitt“, sagte Heike und zog sich ein Stück von der Brüstung zurück, damit sie auch bestimmt außer Reichweite war, falls es der Schlange einfiel zu spucken.

Aber es sah tatsächlich so aus, als würde die Melodie die Schlange betören. Ihr langer Hals wiegte sich im gleichen

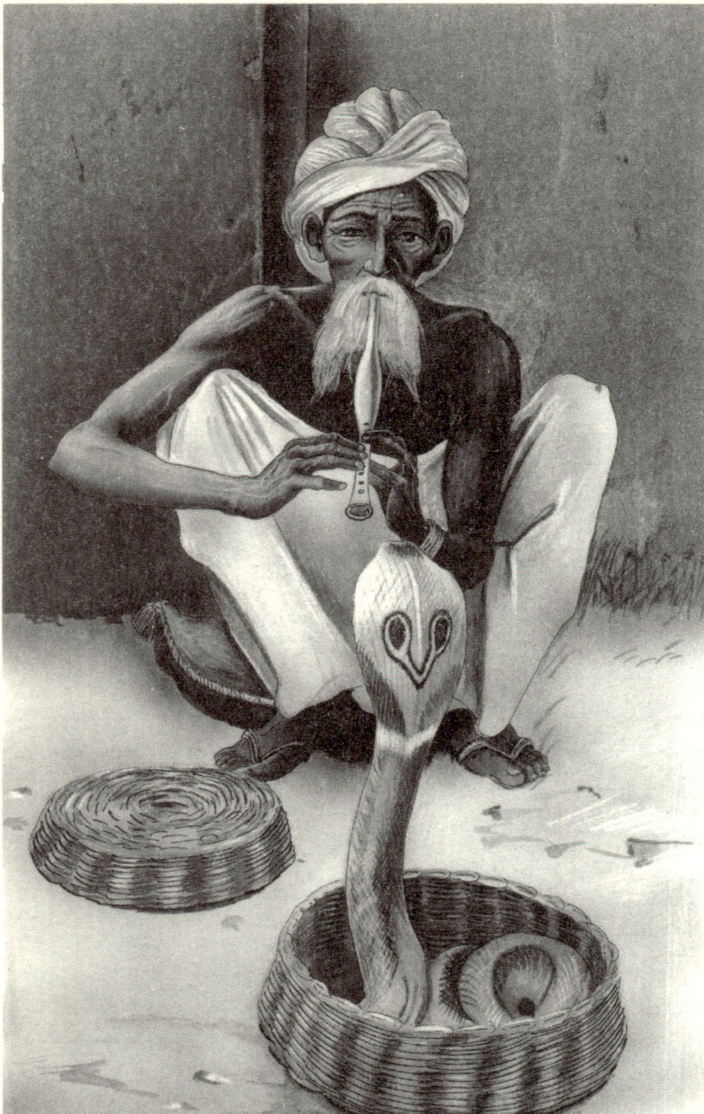

Rhythmus wie der dürre Körper des Schlangenbeschwörers. Es war ein faszinierendes Bild.

„Fragt sich, wer da wen hypnotisiert", meinte Heike.

„Kobras sind in Wirklichkeit taub", bemerkte Michael. „Der Schlangenbeschwörer tut bloß so, als würde das Tier nach seiner Pfeife tanzen. In Wirklichkeit orientiert sich die Schlange an dem Mann. Wiegt er sich nach rechts, dann geht ihr Körper mit. So macht sie es, wenn sie versucht, den Abstand zu ihrer Beute einzuschätzen."

„Ich könnte mir ein schöneres Hobby vorstellen", sagte Thomas.

„Manche Leute sind eben ganz verrückt auf Schlangen", gab Michael zurück. „Was ich von mir allerdings nicht behaupten kann."

Ungefähr eine halbe Stunde währte die Schlangenvorführung. Der Mann öffnete noch zwei weitere Körbe und ließ drei Schlangen gleichzeitig tanzen. Schließlich hatten die Kobras genug, und der Schlangenbeschwörer verschloß die Körbe wieder mit ihren Deckeln.

„Er bekommt mehr Beifall als wir", stellte Michael mit einem Anflug von Eifersucht fest. „Ist das nicht ungerecht? Wir waren doch viel besser! Einen schwebenden Professor kriegt man bestimmt nicht alle Tage zu sehen. Nicht wahr, Onkelchen?" Er boxte den Erfinder in die Rippen.

„Ja, ja, es war sehr schön", murmelte Professor Ambrosius.

Heike und Thomas wechselten einen Blick.

„Es ist einfach zu heiß, deswegen ist er so zerstreut", meinte Thomas. „Und wer weiß, vielleicht denkt er schon wieder an eine neue Erfindung. Dann ist er ja überhaupt nicht ansprechbar."

Heike schüttelte den Kopf. „Irgend etwas stimmt mit ihm nicht!"

„Ach Quatsch, du machst dir mal wieder zu viele Sorgen", widersprach Thomas. Er beschirmte die Augen. „Schau mal, ist das nicht der Wächter von vorhin? Er kommt zurück. Ich bin gespannt, welche Nachricht er bringt."

Der Wächter wartete geduldig, bis Prinzessin Layla den Schlangenbeschwörer mit einer Blumenkette geehrt und ihm ein Goldstück überreicht hatte.

„Wir haben kein Goldstück gekriegt", beschwerte sich Michael.

„Deswegen sind wir ja auch nicht hergekommen", entgegnete Heike.

„Trotzdem." Michael blieb hartnäckig. „Ich find's ungerecht. Haben wir uns nicht genauso angestrengt? Warum bekommen die anderen eine Belohnung und wir nicht?"

„Du könntest das Goldstück sowieso nicht mit nach Hause nehmen", betonte Heike. „Du weißt doch, was Onkel Ambrosius immer sagt: Alles, was in die Vergangenheit gehört, muß auch dort bleiben."

„Ach, der immer mit seinen blöden Regeln, die er selbst aufgestellt hat", murrte Michael. Er war unzufrieden. Die Sache mit dem Goldstück wurmte ihn gewaltig. Der Trick mit der Anti-Schwerkraft war ohne Frage das beste Kunststück gewesen. Wo blieb die Anerkennung?

Der Wächter flüsterte nun der Prinzessin etwas ins Ohr. Sie lauschte gespannt. Dann wurde sie ernst und nickte.

„Die hat bestimmt eine schlechte Nachricht für uns", prophezeite Michael düster. „Das erkenne ich an ihrem Gesicht."

„Du bist ein Schwarzseher, nur weil du kein Goldstück –", begann Heike, aber sie brach ab. Die Prinzessin kam auf sie zu. Michael hatte recht. Eine freudige Botschaft schien sie nicht zu haben. Ihr Lächeln war verschwunden.

„Habt Ihr etwas über Jahan erfahren?" wollte Thomas wissen.

„Merkwürdig, daß ihr nach ihm fragt", antwortete Prinzessin Layla. „Wie ich eben erfahren habe, ist Jahan vor zwei Tagen im Gefängnis gestorben."

„So ein verflixter Mist", entfuhr es Michael.

Layla zog die Augenbrauen hoch, halb verwundert, halb tadelnd. Heike knuffte ihren Bruder. „Benimm dich", zischte sie. „Oder willst du, daß wir hier rausfliegen?"

„Aber *zwei* Tage!" wiederholte Michael fassungslos. „Wir kommen zwei Tage zu spät! Siebzehn Jahre saß er im Gefängnis. Oh Mann!"

„Jahan war lange krank", erklärte Prinzessin Layla. „Der Tod war für ihn eine Erlösung. Es war der Wille der Götter, und dagegen sollen wir uns nicht sträuben." Sie senkte ehrfürchtig den Kopf.

„Der Wille der Götter, ja", murmelte Professor Ambrosius zerfahren. „Manchmal sind ihre Wege unerforschlich. Möge Jahans Seele in Frieden ruhen."

„Ich hoffe, daß ich euch mit meiner Auskunft gedient habe", erwiderte die Prinzessin. „Falls euer Bekannter Jahan die letzte Ehre erweisen will, so sagt ihm, daß übermorgen die Trauerfeierlichkeiten stattfinden. Dann wird Jahan zusammen mit seiner Witwe verbrannt."

Alles zu spät?

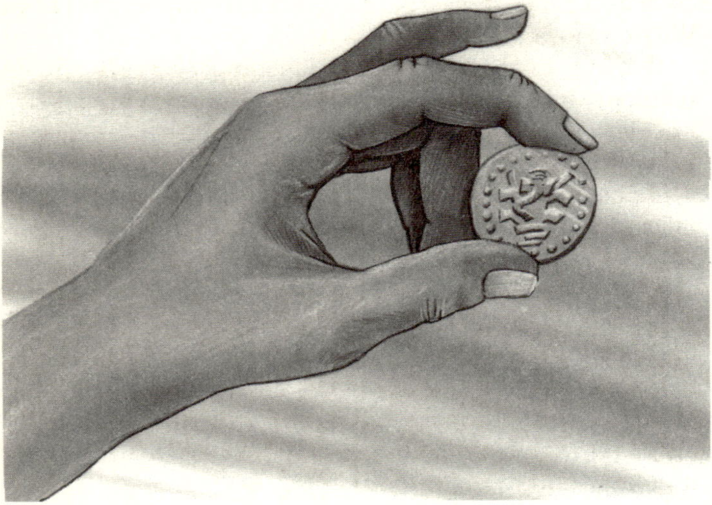

Das Goldstück funkelte und blitzte in der Sonne auf, als Michael es in die Luft warf.

„Ha, wir haben doch noch eins bekommen. Ist es auch echt?“ Er machte Anstalten hineinzubeißen.

„Du bist albern“, stellte Heike fest.

„Das Goldstück haben wir uns redlich verdient“, fand Michael. „Ich will’s ja gar nicht behalten. Wir werden es Alauddin schenken. Der arme Teufel kann es sicher gebrauchen – jetzt, wo die letzte Chance dahin ist, daß er doch noch Maharadscha wird.“

„Wirklich ein Pech, daß Jahan vor zwei Tagen gestorben ist“, überlegte Thomas.

„Schade, daß Isas Mutter auch schon tot ist“, murmelte

Michael. „Sonst hätte sie das Muttermal bezeugen können …“

Professor Ambrosius blieb abrupt stehen. „Wer behauptet denn, daß sie tot ist?“

„Hast du nicht zugehört?“ fragte Heike nach. „Layla hat doch ausdrücklich gesagt, daß Jahan zusammen mit seiner Witwe verbrannt wird.“

„Ich bin doch nicht taub“, fauchte der Professor und schnippte mit den Fingern. „Natürlich habe ich mitgekriegt, was die Prinzessin erzählt hat. Aber deswegen braucht die Witwe noch lange nicht tot zu sein.“

Heike runzelte die Stirn. „Ich verstehe nur Bahnhof. Kann mich mal jemand aufklären? Wenn jemand verbrannt wird, gehe ich selbstverständlich davon aus, daß er tot ist.“

„Gar nicht selbstverständlich“, widersprach Professor Ambrosius. „Jedenfalls nicht in Indien. Hier passiert es häufig, daß die Witwe ihrem verstorbenen Ehemann in den Tod folgt und sich mit ihm zusammen verbrennen läßt.“

„Wie bitte?“ Heike standen die Haare zu Berge. „Willst du damit sagen, sie lebt noch? Sie läßt sich lebendig verbrennen? Nur, weil ihr Mann tot ist?“

„Was heißt hier ‚nur‘?“ gab der Professor zurück. „Für viele Frauen bricht dann eine Welt zusammen, und sie wollen nicht mehr weiterleben.“

„Aber sich verbrennen lassen! Noch dazu lebendig!“ empörte sich Heike. Ein schrecklicher Gedanke kam ihr. „Tun sie’s überhaupt freiwillig? Oder zwingt man sie dazu? Gibt es hier etwa so barbarische Sitten und Gebräuche?“

Der Professor zögerte mit seiner Antwort. „Ich glaube, ganz freiwillig ist es nicht …“

„Typisch!“ Heike verschränkte die Arme. „Natürlich wurden solche Regeln wieder von Männern aufgestellt. Stirbt der Mann, dann lohnt es sich für die Ehefrau nicht, weiterzuleben. Sie könnte ja anfangen, das Leben ohne ihren tyrannischen Gatten zu genießen!“

„Hinter dieser Sitte steckt sicher ein anderer Gedanke“, widersprach Professor Ambrosius.

„Und welcher, bitte?“ So schnell ließ sich Heike nicht von ihrer Meinung abbringen. „Wie ist es denn umgekehrt? Wenn die Frau stirbt, wird dann der Mann mit ihr verbrannt?“

„Davon habe ich allerdings noch nicht gehört“, mußte der Erfinder zugeben.

„Siehst du, das ist der Beweis, daß ich recht habe“, trumpfte Heike auf.

„Müßt ihr euch jetzt unbedingt über dieses Thema streiten?“ mischte sich Michael ein. Er wußte, wie aggressiv seine Schwester werden konnte, wenn sie erst einmal in Fahrt war und die Rechte der Frauen verteidigte. „Ich finde diesen Brauch ja auch nicht gut.“ Er legte den Finger an die Nase. „Es besteht also die Möglichkeit, Jahans Frau nach dem Muttermal zu fragen …“

„Es wird nicht einfach sein“, meinte der Professor gleich. „Sie ist in Trauer. Du weißt nicht, ob sie überhaupt ansprechbar ist. Außerdem gibt es sicherlich noch tausend Dinge wegen des Begräbnisses zu regeln.“

„Wegen der Verbrennung“, berichtigte Heike. „Des Gatten und ihrer eigenen.“ Sie schluckte, dann aber blitzten ihre Augen.

„Vielleicht darf sie ihr Zimmer gar nicht verlassen. Sicher passen die Verwandten scharf auf, daß sie nicht entwischt und die Trauerfeierlichkeiten ohne sie stattfinden. Und Fremde lassen sie bestimmt auch nicht gern ein. Jemand könnte der Witwe ja zur Flucht verhelfen …“ Sie schlug sich mit der Faust gegen die Handfläche. „Und genau das werden wir tun! Wir lassen es nicht zu, daß sie verbrannt wird. Kommt gar nicht in Frage, daß wir nur wegen der Auskunft hingehen. Wenn schon, dann retten wir die arme Frau!“

„Heike“, begann der Professor vorsichtig, „wir sind nicht hier, um uns in fremde Sitten und Gebräuche einzumischen.“

„Wenn die Gebräuche so barbarisch sind, dann ist es einfach unsere Pflicht, daß wir uns einmischen“, schnaubte Heike. Sie war vor Wut geladen. „Im Namen der Menschlichkeit! Aber du, du bringst es wegen deiner verdammten Prinzipien garantiert fertig, bei der Verbrennung zuzusehen und keinen Finger zu krümmen! Hast du überhaupt ein Herz? O nein, ich glaube, du hast keines. Deswegen warst du auch nie verliebt. Du hast immer nur deine Arbeit und deine selbstaufgestellten Regeln gekannt.“

„Du wirfst mir da eine Menge an den Kopf!“

„Aber es stimmt! Willst du das etwa abstreiten? *Die Vergangenheit darf nicht geändert werden. Wir dürfen uns nicht einmischen!* Egal, ob jemand gefährdet ist. Das ist doch nicht normal!“

„Ich habe nie behauptet, normal zu sein“, brummte der Professor.

Heikes Vorwürfe verletzten ihn tief. Er und kein Herz! Natürlich hatte er Gefühle. Selbstverständlich regte er sich über den Brauch auf, daß Witwen zusammen mit ihren toten Ehemännern verbrannt werden sollten. Aber er konnte doch nicht kreuz und quer in der Vergangenheit herumfahren und alle vor dem Feuertod retten! Schweigend holte er die Fernbedienung hervor und ließ die Zeitmaschine erscheinen. Sie waren inzwischen weit genug vom Palast des Maharadschas entfernt, daß er dies tun konnte, ohne daß das plötzlich auftauchende Gefährt Aufsehen erregte.

Heike kletterte verstimmt in die Maschine und ließ sich auf einen Sessel fallen. Der Professor verstaute das Holzbrett zwischen den Sitzen und gab dem Computer Anweisung, zu Alauddin zurückzukehren. „Lande wieder so, daß er die Zeitmaschine von seiner Hütte aus nicht sehen kann. Aber das brauche ich dir ja nicht extra zu sagen. Du bist schließlich ein *kluger* Computer.“

„Eine künstliche Intelligenz“, erwiderte Archie mit Stolz. „Allen Computern des zwanzigsten Jahrhunderts meilenweit voraus. Besser und schneller als jeder Großrechner.“

„Fein“, stoppte der Professor Archies Loblied, „das wissen wir ja alle.“ Unvermittelt fragte er: „Habe ich tatsächlich kein Herz, Archie? Was meinst du?“

„Natürlich haben Sie ein Herz“, kam es prompt von Archie. „Jeder Mensch hat ein Herz, es ist ein lebensnotwendiges Organ. Ein Herz besteht aus zwei Vorkammern und zwei Hauptkammern und schlägt sechzig bis achtzig Mal in der Minute. Seine Aufgabe ist es, Blut durch den Körper zu pumpen, was bei Ihnen ja auch geschieht. Warum fragen Sie mich? Wollten Sie noch etwas über Herzkrankheiten oder Herzschrittmacher wissen?“

Professor Ambrosius streckte abwehrend die Hände aus. „Nein, danke. Ich glaube, es hat keinen Sinn. Du verstehst mich ja doch nicht.“

„Dann haben Sie sich unklar ausgedrückt“, sagte der Computer ein wenig beleidigt. „Ich bin so programmiert, daß ich im Prinzip jede Frage beantworten kann.“

„Bring uns zu Alauddin“, wiederholte der Erfinder kraftlos. Archie gehorchte. Die Einstiegsluke glitt zu. Professor Ambrosius seufzte und ließ sich auf einen Sitz fallen. Dummerweise saß bereits Michael darauf.

„Autsch“, jammerte dieser. „Was soll das? Ich bin doch kein Nagelbrett!“

„Entschuldige“, murmelte Professor Ambrosius. „Du siehst, wie weit es mit mir gekommen ist. Heike wirft mir vor, ich sei ein gefühlloser Mensch. Dabei gebe ich mein Bestes. Mache ich nicht immer jeden Zirkus mit, den ihr euch ausdenkt?“ Er zerrte an seiner Verkleidung. „Hier, schaut euch das an! Euretwegen laufe ich herum wie ein verrückter Fakir. Dabei könnte ich längst zu Hause in der Hängematte liegen und den Hühnern zuschauen, wie sie Körner picken. Aber nein. Warum sind wir noch hier? Weil ihr mich gebeten habt, Alauddin zu seinem Recht zu verhelfen.“ Er schnaubte. „Herzlos – ich! Ausgerechnet!“

„Wir sind da“, verkündete Archie.

„Okay, laß uns aussteigen und verkrümel dich dann wieder in die fünfte Dimension“, kommandierte der Erfinder.

Die Einstiegsluke glitt auf. Durch die Öffnung erblickten die Zeitreisenden Alauddin. Er hockte im Gras, Moorteufel zu seinen Füßen, und schien auf sie zu warten.

„Hach, jetzt hat er die Zeitmaschine doch gesehen!" brummte der Professor. „Auch egal. Ich habe das ewige Versteckspiel sowieso satt." Er drehte sich zu den Kindern um. „Habt ihr gehört? Bitte notieren: Ich werfe meine Prinzipien über Bord. – Hallo, Alauddin!" Er sprang heraus und deutete auf das Gefährt. „Keine Angst, das Ding explodiert nicht. Meine eigene Erfindung, ist sie nicht hübsch?"

Alauddin stand auf und kam langsam auf den Professor zu. Er war weder verwundert noch verblüfft. „Ich dachte mir schon lange, daß ihr außergewöhnliche Menschen seid und über Mittel verfügt, die ich nicht kenne." Als die Zeitmaschine vor seinen Augen verschwand, zuckte er ein wenig zusammen, aber er stellte keine Fragen dazu. Er wollte nur wissen, was sie beim Maharadscha erreicht hatten.

„Wir haben tatsächlich etwas über Jahan herausgefunden", berichtete Michael. „Er ist vor zwei Tagen gestorben und wird übermorgen verbrannt. Seine Frau lebt noch, soll aber anscheinend zusammen mit ihrem toten Ehemann auf dem Scheiterhaufen angezündet werden." Er deutete auf Heike. „Meine Schwester hat schon eine Rettungsaktion angekurbelt."

„Das hört sich so einfach an", verteidigte sich Heike. „Dabei habe ich keine Ahnung, wie wir's anstellen sollen."

Michael suchte in den Taschen seines Gewands. „Hier, das haben wir von der Prinzessin bekommen. Ein Goldstück. Es gehört dir. Wir können nichts damit anfangen."

„Wenn ich wieder Maharadscha bin, dann werdet ihr es tausendfach zurückerhalten", versprach Alauddin und nahm dankbar die Münze in Empfang. „Was spricht meine Tochter sonst noch? Geht es ihr gut? Ist sie gesund, oder sieht sie krank und leidend aus?"

Professor Ambrosius' Blick verschleierte sich. „Deine

Tochter ist wohlauf, Alauddin, und ich muß dir sagen, sie ist wunderschön."

Sein Tonfall ließ Heike aufhorchen. Sie schaute Michael an. Der Junge schnitt eine Grimasse.

„Den hat's erwischt", flüsterte er.

„Wie meinst du das?" fragte Heike verblüfft.

„Na ja, wie man so sagt. Der ist ganz weg von ihr. Er fährt total auf die Prinzessin ab."

„So ein Quatsch", entrüstete sich Heike und tippte sich an die Stirn. „Du spinnst ja. Erstens ist sie viel zu jung für ihn, und zweitens würde er sich nie in eine Frau verlieben, die aus einer anderen Zeit stammt." Sie schüttelte den Kopf. Das war einfach unvorstellbar.

„Die Liebe fragt nicht, wo sie hinfällt", deklamierte Michael.

„Wo hast du denn diese Weisheit her?" spottete Heike. „Nein, du hörst die Flöhe husten. Da ist bestimmt nichts. Außerdem ist Onkel Ambrosius so immun gegen die Liebe wie du gegen Windpocken."

„Ich hab' die Windpocken schon gehabt", murmelte Michael. „Aber er ..." Er verdrehte die Augen. „Layla ist ja tatsächlich sehr hübsch. Er hat wenigstens einen guten Geschmack."

„Du bist vollkommen verrückt", sagte Heike entschlossen.

Alauddin war beruhigt, nachdem er gehört hatte, daß es seiner Tochter gut ging. „Und Isa?" forschte er weiter. „Hast du meinen Rivalen auch gesehen? Diesen Schurken, der mich um den Thron betrogen hat?" Seine Hände begannen vor unterdrückter Wut zu zittern.

„Wir haben nach dem Maharadscha Ausschau gehalten, aber er hat sich nicht blicken lassen", erzählte der Erfinder. „Es hätte uns sehr interessiert, ob er tatsächlich noch so große Ähnlichkeit mit dir hat."

Jetzt schaltete sich Michael wieder ein. „Wir stellen uns Isa nämlich dick und fett vor. So richtig feist, mit großem Bauch und schwabbeligem Gesicht."

Alauddin rang die Hände. „Ich habe ihn schon lange nicht mehr gesehen, aber man spricht in der Tat davon, daß er sehr stattlich geworden ist.“ Er hob die Augen zum Himmel. „Ach, ihr Götter, wann laßt ihr endlich Gerechtigkeit walten? Isa ruiniert mein Reich! Die Untertanen leiden unter den hohen Abgaben, während dieser Betrüger nur an sein Vergnügen denkt. Habt ihr gesehen, wie prächtig der Palast ist? Doch dieses stattliche Gebäude genügt ihm nicht. Erst kürzlich hat er sich gleich zwei Sommerpaläste bauen lassen. Zwei! Diese Verschwendung! Er widmet sich auch lieber der Jagd als den Regierungsgeschäften und überläßt die meisten Aufgaben seinen Beratern. Die Unruhe im Volk steigt. Die Leute sind unzufrieden mit dem vermeintlichen Alauddin …“ Er ereiferte sich. „Oh, er zieht meinen Namen in den Schmutz! Dabei würde *ich* ganz anders regieren!“

Moorteufel winselte. Er fühlte sich vernachlässigt. Keiner beachtete ihn, dabei hatte er so geduldig auf die Rückkehr der Zeitreisenden gewartet. Jetzt drängte er sich dazwischen und holte sich von Thomas seine Streicheleinheiten.

Der Junge bückte sich und zauste dem Hund liebevoll das Fell. „Erst nehmen wir dich nicht zum Palast mit, und dann haben wir dir auch noch nicht einmal einen Knochen mitgebracht! Du Ärmster!“ Doch Moorteufel war nicht nachtragend. Er ließ sich die Liebkosungen gefallen und schaute dankbar zu Thomas auf.

„Kommt mit in meine Hütte“, lud Alauddin die Zeitreisenden ein. „Es war ein anstrengender Tag für euch, und gewiß seid ihr hungrig. Das Mahl, das ich euch bieten kann, ist zwar nur einfach, aber es ist nahrhaft und sättigt. Laßt uns dabei gemeinsam überlegen, wie wir weiter vorgehen wollen.“

In dieser Nacht fand Professor Ambrosius kaum Schlaf. Es war ihm zu stickig in der Hütte, die Enge ging ihm auf die Nerven, und außerdem schnarchte Michael. Daher packte der Erfinder seine löchrige Decke, stieg vorsichtig über seine schlafenden Kameraden hinweg und ging nach draußen.

Ob ihm die sternenklare Nacht mehr Ruhe bescherte?

Er legte sich auf den Boden und betrachtete den Himmel. Es war kühl, deswegen zog er die Decke bis ans Kinn. Doch sie roch nach Alauddins Ziegen ... Der Geruch störte ihn so, daß er die Decke zurückschlug und lieber fror. Er verschränkte die Arme unter dem Kopf und gab sich seinen Gedanken hin.

Am Abend hatten sie sehr lange darüber gesprochen, was sie tun sollten, um zu verhindern, daß sich Jahans Witwe in die Flammen des Scheiterhaufens stürzte. Alauddin war schon öfter bei solchen Verbrennungen dabeigewesen. Hier, in den Tälern von Kaschmir, gab es noch viele Menschen, die dem hinduistischen Glauben anhingen – ebenso wie Alauddin selbst und sein Konkurrent Isa.

„Unser oberster Herrscher Akbar ist Muslim“, hatte Alauddin berichtet. „Doch er zwingt den Untertanen seinen Glauben nicht auf. Es wird gesagt, daß sich Akbar für viele Religionen interessiert. Neulich sollen sogar Christen bei ihm am Kaiserhof gewesen sein.“

Die Zeitreisenden hatten darüber nachgegrübelt, ob sie versuchen sollten, mit der Witwe vorher zu sprechen, oder ob sie sie bei den Trauerfeierlichkeiten einfach entführen sollten. Eine Blitzaktion mit der Zeitmaschine ...

„Dann besteht natürlich die Gefahr, daß sie vor lauter Schreck einen Herzschlag bekommt“, gab der Professor zu bedenken. „Wir sind ja Fremde für sie, und sie hält uns möglicherweise für Räuber oder Dämonen.“

„Es wäre entschieden höflicher, zuvor mit ihr zu reden“, fand Thomas.

„Aber vielleicht kommen wir gar nicht durch. Oder sie ist nicht ansprechbar. Stellt euch vor, sie läßt uns einfach abblitzen, wenn wir anfangen, vom Muttermal ihres Sohnes zu reden!“ hatte Michael eingeworfen.

Alle waren sich einig, daß es sich um eine äußerst schwierige Situation handelte. Und die Zeit drängte. Sie mußten bald eine Entscheidung treffen, sonst war das Ganze zu spät –

für immer. Zum Schluß hatten sie vereinbart, einen Brief an Sherin – so hieß die Witwe – zu schreiben, den Alauddin überbringen sollte.

Michael blieb zwar weiterhin ein Befürworter der Blitzaktion, doch er war von den anderen überstimmt worden.

„Die Zeitmaschine kommt nur im äußersten Notfall zum Einsatz", hatte der Professor bestimmt.

Jetzt, da er allein unter dem Sternenhimmel lag, ließ sich der Erfinder noch einmal alle Möglichkeiten durch den Kopf gehen. Doch bald schweiften seine Gedanken in eine ganz andere Richtung ab. Er erinnerte sich wieder an den Nachmittag – und Laylas Bild stand vor ihm.

Welch eine Frau! Schöner als alles in der Welt!

Professor Ambrosius seufzte tief. In seinem Bauch flatterten unzählige Schmetterlinge. Am liebsten wäre er sofort zum Palast des Maharadschas zurückgekehrt, um Layla wiederzusehen.

Er war verrückt, total verrückt! Gleichzeitig ein unbeschreiblich tolles Gefühl. Wie Schweben – ohne Anti-Schwerkraft-Feld! Wie die Prinzessin ihn angelächelt hatte! Und ihre braunen Augen mit den schön geschwungenen Brauen ...

„Du Narr! In deinem Alter! Jetzt verliebst du dich in eine Frau, die nicht nur deine Tochter, sondern sogar deine Enkelin sein könnte! Schlag dir die Sache aus dem Kopf, Ambrosius!"

Die Stimme der Vernunft war lästig. So sehr Professor Ambrosius sonst für das Geflüster in seinem Kopf dankbar war (Formeln, Problemlösungen und Ideen flogen ihm dadurch geradezu zu), diesmal hätte er gut darauf verzichten können.

„Du brauchst nur in den Spiegel zu schauen? Meinst du, sie findet einen so alten Kerl wie dich hübsch?"

„Schnauze", brummte der Erfinder.

„Falten, welke Haut, graues Haar ... Vor dreißig, vierzig Jahren warst du ja ein ganz flotter Bursche, aber jetzt ..."

„Jeder Mensch wird alt“, murmelte Professor Ambrosius. „Das ist der Lauf der Natur. Dagegen kann man nichts machen.“

„Dagegen kann man nichts machen? Wäre doch gelacht, wenn dir nichts einfiele. Ein paar Falten weniger, ein paar Jährchen jünger ...“

Der Professor setzte sich wie von der Tarantel gestochen auf. „Das ist gegen meine Grundsätze!“

„Die hast du doch sowieso über Bord geworfen, oder? – Sei kein Frosch! Dir stehen sämtliche Möglichkeiten offen! Bist du nicht ein Genie? Warum sollst du deine Genialität nicht einmal zu deinem eigenen Vorteil nutzen?“

„Tja, warum eigentlich nicht?“ grübelte der Erfinder. „Dadurch schade ich eigentlich niemandem.“ Er strampelte die Decke ganz ab und stand auf. Er zog die Fernbedienung hervor und tippte im matten Schein des Sternenlichts einige Zahlen ein. Lautlos erschien die Zeitmaschine.

„Oh“, sagte Archie, „Sie rufen mich mitten in der Nacht? Ist etwas passiert?“

„Nichts Schlimmes. Mir ist lediglich ein Einfall gekommen, den ich sofort in die Tat umsetzen muß“, antwortete Professor Ambrosius. „Mach's ein bißchen heller, Archie, ich muß nachdenken.“

Die Kabinenbeleuchtung ging an. Der Professor beugte sich über das Armaturenbrett und grübelte. Hm, ein kleines, speziell ausgerichtetes Zeitfeld müßte genügen ... Schon huschten seine Hände über die Tasten. Auf dem Bildschirm erschienen einige Daten. Der Erfinder starrte auf die Zahlen und nickte dann.

„Zwanzig Jahre ... Ich muß ja nicht gleich übertreiben. Oder besser fünfundzwanzig?“ Entschlossen korrigierte er die Zahl.

„Gestatten Sie eine Zwischenfrage“, meldete sich der Computer zu Wort. „Was haben Sie vor?“

„Ach, nur eine kleine Verjüngungskur. Eine optische Auffrischung sozusagen. Keine große Sache“, beruhigte Professor Ambrosius den Computer. „Sobald ich dir den Befehl dazu gebe, schaltest du das Zeitfeld ein, verstanden?“

„Sehr wohl.“

„Ich gehe gleich nach draußen.“ Der Professor sah sich um. Er hatte die Zeitmaschine so programmiert, daß das Zeitfeld an der Stelle wirken würde, wo jetzt noch die alte Decke lag. Gab es noch etwas zu bedenken? Er legte den Finger an die Nase. Jetzt auf die Schnelle bloß keinen Fehler machen ...

„Aufgepaßt“, sagte er zu Archie. „Können deine Sensoren den Sitz meines Gehirns registrieren?“

Es dauerte eine Weile, bis der Computer antwortete. „Kein Problem.“

„Gut. Das Zeitfeld darf mein Gehirn nicht erfassen, denn ich habe keine Lust, alles zu vergessen, was ich mir in den letzten fünfundzwanzig Jahren angeeignet habe.“

„Verstanden“, meldete Archie. Dann fügte er hinzu: „Sie sollten auch Ihre Kleidung ablegen.“

„Warum?“

„Ich kann nicht garantieren, ob hinterher noch etwas davon da ist. Fünfundzwanzig Jahre zurück ... Wie lange haben Sie denn Ihr Hemd?“

„Höchstens drei Jahre ... Du hast wieder mal recht. Nachher bin ich mit lauter Baumwollflocken behaftet ...“ Der Professor streifte bereits seine Kleidung ab. Dann huschte er hinaus ins Freie.

„Sie tragen noch Ihre Uhr und Ihre Brille“, bemerkte Archie.

Professor Ambrosius schnallte seine Armbanduhr vom Handgelenk los und legte sie außerhalb des Wirkungsfeldes auf den Boden. Dann nahm er auch die Brille ab und tappte etwas unsicher zurück.

„Alles klar?“ fragte Archie.

„Alles klar!“ echote Professor Ambrosius. „Schalte das Zeitfeld ein.“

„Countdown läuft“, sagte der Computer. „Zehn, neun, acht, sieben, sechs –“

Der Professor wartete. Über seine nackten Zehen krabbelten ein paar Ameisen. Mit zusammengebissenen Zähnen ertrug er das Gekitzel. Sobald das Zeitfeld sie erfaßte, würden sie verschwunden sein, denn keine Ameise lebte fünfundzwanzig Jahre!

„Fünf, vier, drei –"

Noch nie war die Zeit so langsam vergangen wie jetzt. Professor Ambrosius bemühte sich, ruhig zu bleiben. Durch seinen Kopf zogen schreckliche Vorstellungen. Und was, wenn das Experiment diesmal schiefging?

„Zwei, eins, null!"

Kribbeln und Knochenschmerzen. Die Gesichtshaut spannte. Im Mund schien plötzlich weniger Platz zu sein ... Ach ja, die Weisheitszähne waren wieder da, die er sich vor Jahren auf Anraten des Zahnarztes hatte entfernen lassen! Das Haar fiel ihm weich und geschmeidig in die Stirn. An seinen Oberarmen zeigten sich Muskeln, der Brustkorb war breiter, und als er an sich herunterschaute, waren auch die Falten an seinem Bauch verschwunden.

„Verjüngung beendet", meldete Archie gleich darauf.

Das Kribbeln hörte auf. Professor Ambrosius trat aus dem Kreis. Er kam sich vor, als würde er einen neuen, steifen Anzug tragen. Als er sich über die Arme fuhr, spürte er die glatte, ungewohnt straffe Haut. Er suchte seine Brille und setzte sie auf. Die Stärke stimmte nicht mehr. Klar, auch die Augen hatten sich in fünfundzwanzig Jahren verändert. Die Brille störte mehr, als daß sie nützte; also verstaute er sie in der Zeitmaschine.

„Wie fühlen Sie sich?" erkundigte sich Archie.

„Kann ich noch gar nicht richtig sagen", murmelte der Professor. „Etwas merkwürdig." Er schlüpfte in seine Kleider. Die Hose rutschte, und das Hemd spannte an Brust und Oberarmen. Er erinnerte sich daran, daß sich in seinem Werkzeugkasten ein kleiner Spiegel befand, mit dem er manchmal schwierig zugängliche Stellen untersucht hatte. Neugierig holte er ihn hervor.

„Oh! Nicht übel!"

Ein gutgeschnittenes, männliches Gesicht. Dunkle Haare,

die an den Schläfen ergraut waren. Ein energischer Zug ums Kinn ließ auf Durchsetzungskraft schließen.

Professor Ambrosius lächelte. Er war mit dem Ergebnis mehr als zufrieden. Er konnte sich gar nicht daran erinnern, daß er vor fünfundzwanzig Jahren so attraktiv ausgesehen hatte. Aber schon damals hatte er kaum die Zeit gefunden, in den Spiegel zu schauen. Seine Arbeit war ihm wichtiger gewesen als sein Äußeres.

Er legte den Spiegel in den Werkzeugkasten zurück, verließ die Kabine und schickte die Zeitmaschine in die fünfte Dimension. Niemand hatte etwas von der Aktion bemerkt.

Professor Ambrosius streckte sich wieder auf dem Boden aus. Eigentlich war er gar nicht müde. Er fühlte sich jung und voller Kraft. Am liebsten hätte er die Sterne vom Himmel geholt. Irgendwann schlief er dann doch ein und träumte von Layla.

„Guten Morgen, Onkel Ambrosius! Aufwachen! Frühstück!" Michael boxte den friedlich schlummernden Professor in die Rippen. Plötzlich erstarrte der Junge.

„Hoppla, was ist mit dem passiert?" Verwundert schaute er auf das dunkle Haar und das fast faltenlose Gesicht. „Ist er das überhaupt? Aber er trägt dieselben Klamotten! – He, Heike, kommt mal her!"

„Was ist denn los?" Heike hatte eine miserable Nacht hinter sich und war entsprechend unausgeschlafen. Zuerst war sie von Stechmücken geplagt worden. Dann hatten böse Träume sie gequält. Sie hatte von großen Scheiterhaufen geträumt, von lodernden Flammen und von Leuten, die sie gewaltsam ins Feuer stoßen wollten. Entsetzlich!

„Schau dir Onkel Ambrosius an!" wiederholte Michael. „Mit ihm stimmt etwas nicht!"

Heike erschrak. War der Professor tot? Hatte er in der Nacht einen Herzschlag erlitten? So etwas kam schließlich nicht selten vor.

„Ist er krank?" Vorsichtig näherte sie sich dem Liegenden und war aufs Schlimmste gefaßt. „Oh! Das ist er ja gar nicht."

„Das habe ich auch im ersten Moment gedacht. Er ist es – und doch wieder nicht", meinte Michael. „Der da liegt, sieht aus wie sein jüngerer Bruder."

„Aber er hat doch gar keinen Bruder", stammelte Heike. „Jedenfalls nicht, daß ich wüßte."

In diesem Moment schlug der Professor die Augen auf und lächelte die Geschwister an. „Hallo, ihr beiden! Na, schon wach?"

Michael schluckte. „Was ist denn mit dir passiert?"

„Mit mir? – Nichts." Der Erfinder runzelte die Stirn. „Ich bin vollkommen okay, wirklich."

„Aber dein Haar ist dunkel", stellte Heike fest. „Und du siehst auf einmal viel jünger aus!"

„Hast du irgend etwas mit der Zeitmaschine gemacht?" forschte Michael.

Der Professor errötete leicht. „Ich weiß nicht, was ihr meint. Sie war die ganze Zeit in der fünften Dimension, und ich habe hier draußen geschlafen." Er fuhr sich mit den Händen über die Wangen. „Hm, möglich, daß die klare Luft die Haut strafft. Ich fühle mich auch so fit wie schon lange nicht mehr. Wahrscheinlich bekommt mir auch das vegetarische Essen." Er stand auf und streckte sich. „Was für ein herrlicher Tag, findet ihr nicht?"

„Ja, schon …" Heike und Michael wechselten einen Blick.

„Habt ihr noch nie davon gehört, daß es in Indien Menschen gibt, die hundertfünfzig Jahre oder noch älter werden können?" erklärte Professor Ambrosius leichthin. „Das liegt sicher am Klima. Möglicherweise bin ich dafür besonders empfänglich. Schadet ja nichts. Mir hat es hier gleich so gut gefallen."

Er legte die Arme um Heike und Michael, die noch immer einen ziemlich verwirrten Eindruck machten. „Macht euch keine Sorgen. Ich leide bestimmt an keiner schlimmen

Krankheit. – So, jetzt bin ich aber gespannt, was es zum Frühstück gibt.“

Auch Thomas war über das veränderte Aussehen des Professors erstaunt, sagte aber nichts. Erst später unterhielt er sich mit Michael und Heike darüber.

„Ich bin sicher, er hat etwas unternommen“, behauptete Michaeel. *„Die frische Luft macht eben jung!* Will er uns für dumm verkaufen? Ganz blöd sind wir schließlich nicht. Er hat garantiert irgendwelche Zeitexperimente gemacht!“

„Aber warum sagt er uns das nicht?“ wunderte sich Heike. „Warum lügt er uns an?“

„Auch Erfinder haben ihre kleinen Geheimnisse“, sagte Michael vieldeutig. „Vielleicht ist er plötzlich eitel geworden. Ich kann mir auch schon denken, wieso.“ Er verdrehte die Augen. „Wegen Prinzessin Layla!“

„Ungern stören wir Dich, Sherin, in Deiner Trauer um Deinen Gatten Jahan. Aber es ist höchst wichtig. Es geht um ein siebzehn Jahre altes Unrecht und um Deinen Sohn Isa. Wir bitten Dich, ehrenwerte Sherin, vor unserem Herrscher Akbar zu bezeugen, daß Dein Sohn Isa seit dem Tag der Geburt ein Muttermal in Form eines Elefantenzahns auf einer normalerweise nicht sichtbaren Stelle trägt.“

Alauddin hatte den Text vorgelesen. Die anderen nickten zufrieden.

„So ist es gut“, bestätigte der Professor. „Wenn Sherin einverstanden ist, dann betätigst du dieses Gerät.“ Er erklärte ihm die Fernbedienung. „Du weißt, daß dann meine Zeitmaschine auftaucht. Du und Sherin, ihr braucht bloß einzusteigen, den Rest erledigt Archie allein.“ Er fügte hinzu: „Archie ist eine Art mechanischer Diener.“

„Du hast doch keine Angst vor der Zeitmaschine?“ vergewisserte sich Thomas.

Alauddin verneinte. „Ich verstehe das Ganze zwar nicht, aber Wunder braucht man auch nicht zu verstehen. Es sind Zeichen der Götter.“ Er wandte sich an den Professor. „Ich bin dankbar, daß sich diese Wunder vor meinen alten Augen ereignen. Du bist über Nacht jung geworden – etwas, was nach menschlichem Ermessen nicht möglich ist. So trage ich Hoffnung im Herzen, daß ich wieder Maharadscha werde und dieses Land endlich gerecht regiert wird.“

„Wir werden unser Bestes tun, dir dazu zu verhelfen“, versicherte ihm der Professor. „Jetzt ist es Zeit, daß wir aufbrechen. Sonst kommen wir am Ende zu spät.“

Michael holte mit seiner Fernbedienung die Zeitmaschine herbei.

Alauddin hielt die Luft an und zuckte zusammen, als sich die flimmernden Umrisse festigten und die Maschine vor ihnen stand. „Aus dem Nichts erscheint ein Wagen“, murmelte er. „Es ist ein Wunder, aber ist es nicht genauso unerforschlich, wenn aus dem Boden ein Baum wächst, der Früchte trägt?“

Er folgte dem Professor und stieg ein. Die Zeitreisenden konnten Alauddin jedoch nicht dazu bewegen, auf einem der Sitze Platz zu nehmen. Er hockte sich mit untergeschlagenen Beinen auf den Boden. Moorteufel kauerte sich daneben.

„Du weißt also, wo sich Sherin aufhält?“ fragte der Erfinder.

„Ich kenne das Haus.“ Alauddin nickte. „Früher, als Isa und ich noch Freunde waren, bin ich oft dort zu Gast gewesen. Vom Palast aus ist es nicht weit. Man kann die Strecke gut zu Fuß zurücklegen.“

„Okay, Archie“, sagte der Professor. „Dann bring uns dorthin zurück, wo wir gestern gewesen sind.“

Die Einstiegsluke glitt zu.

„Ich höre und gehorche“, sagte der Computer.

Kein Flammentod für Sherin!

„Genau wie ich's mir gedacht habe", murmelte Michael düster. „Das ganze Haus voller Verwandtschaft. Und die passen alle auf wie die Geier, daß die Witwe nicht abhaut und die Trauershow verpatzt! – Die lassen Alauddin bestimmt nicht zu ihr, wetten?"

„Warten wir's ab", meinte der Professor. Viel Hoffnung hatte er jedoch nicht. Es war, wie Michael gesagt hatte: Sämtliche Verwandte und Bekannte Jahans schienen sich im Haus des ehemaligen Pächters zu versammeln. Im Garten gingen Leute mit düsteren Mienen spazieren und reckten die Hälse, sobald sich eine neue Sänfte oder ein Wagen näherte.

Das Haus machte einen ziemlich abweisenden Eindruck.

Die Fenster waren verschlossen und mit Tüchern verhängt. Ab und zu hörte man von irgendwoher lautes Klagen.

Wenn man genau hinsah, bemerkte man, wie heruntergekommen das Haus war. Vor zwanzig Jahren war es sicherlich recht schön gewesen – mit den farbig angemalten Holzschnitzereien, den prächtigen Ornamenten und Mosaiken. Doch inzwischen war die Farbe an vielen Stellen abgeplatzt und verblaßt, die Schnitzereien beschädigt und auch die Mosaiken hatten angeschlagene Stellen.

„Wenn wir wüßten, in welchem Zimmer sich Sherin aufhält, könnten wir mit der Zeitmaschine einfach die Bude stürmen", schlug Michael vor.

Professor Ambrosius streckte abwehrend die Hände aus. „Langsam, Junge. Wir wollen so wenig Aufsehen wie möglich erregen. Vielleicht erreicht Alauddin ja doch etwas."

Eine Viertelstunde verging, dann eine weitere. Ein barfüßiger Hindu-Priester ging durch die Gartenpforte ins Haus. Michael trat ungeduldig von einem Fuß auf den anderen.

„Ob er schon die Zeitmaschine gerufen hat? Vielleicht baut Archie mal wieder Mist und landet ganz woanders. Oder er bringt Alauddin und Sherin ins zwanzigste Jahrhundert!"

Professor Ambrosius blickte Michael tadelnd an. „Bitte behalte solche Phantasien für dich. Ich habe jetzt nicht die Nerven dafür!"

„Du siehst so nackt um die Augen herum aus", stellte Michael fest. „Wo hast du denn deine Brille?"

„Ich habe sie abgelegt, weil sich meine Sehkraft plötzlich gebessert hat", erwiderte der Professor, und wieder schoß ihm eine leichte Röte ins Gesicht.

„Du verheimlichst uns etwas", behaupete Michael. Er grinste. „Was ist los mit dir?"

„Nichts", log der Erfinder. „Außerdem – soll das ein Verhör sein? Ihr starrt mich schon den ganzen Tag an, als würde ich wie ein Weltwunder aussehen."

„Okay, okay“, lenkte Michael ein. „Wenn du nichts erzählen willst, dann brauchst du's auch nicht. Ich versteh' ja, daß deine Falten deine Privatangelegenheiten sind.“

„Frecher Bengel“, schimpfte der Professor. Er wurde aber abgelenkt, denn in diesem Moment kam Alauddin zurück. Schon an seinem schleppenden Gang bemerkten die Zeitreisenden, daß der Mann nichts erreicht hatte. Er war nicht zu Sherin vorgelassen worden.

„Aber ich konnte immerhin den Brief abgeben“, berichtete er.

„Das nützt herzlich wenig“, meinte der Professor. „Der wird sicher zuerst von etlichen anderen Leuten gelesen, und es ist zweifelhaft, ob Sherin das Schreiben überhaupt je zu Gesicht bekommt.“

„Du hast recht“, sagte Alauddin niedergeschlagen. Er hockte sich auf einen großen Stein und blickte einer blauen Libelle nach, die über den nahen Teich flog. „Was nun?“

„Dann starten wir eben doch die Blitzaktion mit der Zeitmaschine“, schlug Michael vor.

„Das ist ziemlich riskant“, wandte Professor Ambrosius ein. „Dazu müssen wir ganz nahe an den Verbrennungsort. Die Rauchschwaden können die Aktion gefährden. Sie beeinflussen möglicherweise Archies Steuerung.“

„Kannst du keinen Rauchfilter einbauen? Dir fällt doch sonst immer etwas ein“, hakte Heike nach.

„Oder einen Zeitverzögerer, damit der Qualm die Zeitmaschine erst erreicht, wenn wir schon wieder verschwunden sind“, ergänzte Michael.

„Hört sofort auf, so auf mir herumzuhacken“, beschwerte sich der Professor. „Laßt mich wenigstens mal in Ruhe nachdenken.“

Sie zogen sich hinter eine Reihe von Feigenbäumen zurück und kamen zu einem sonnenbeschienenen Platz mit einem Blumenbeet in der Mitte. Es sah sehr hübsch aus. Ein Pfau stolzierte gerade aus dem Gebüsch. Als vor seinem Schnabel die Zeitmaschine auftauchte, zischte er und schlug ein Rad.

„Verschwendete Liebesmüh", sagte Michael. „Archie ist bestimmt nicht das passende Weibchen für dich!"

Sie kletterten in die Maschine. Alauddin wirkte sehr bedrückt.

„Ich frage mich, ob alle Anstrengungen überhaupt einen Sinn haben. Vielleicht ist es der Wille der Götter, daß Isa für immer Maharadscha bleibt und ich den Rest meines Lebens in der Einsamkeit zubringe."

„Es kann nicht der Wille der Götter sein, wenn sich Frauen in die Flammen stürzen", sagte Heike kämpferisch. „Das ist ein ganz übler Brauch!"

Professor Ambrosius tüftelte den ganzen Nachmittag an der Zeitmaschine herum. Er schimpfte und schwitzte, denn bei der Maschine machten sich kleine Störungen bemerkbar. Schließlich meldete Archie, daß der Energiestand fast bei Null angelangt sei. „Ich kann mich deswegen nur noch sehr schwer konzentrieren", entschuldigte sich der Computer. „Sie müssen damit rechnen, daß ich Fehler mache."

„Verflixt und zugenäht, ausgerechnet jetzt!" Der Professor wurde wütend, wie immer, wenn etwas nicht so klappte, wie er es sich vorgestellt hatte. „Aber es stimmt, wir sind tatsächlich ein bißchen viel hin- und hergereist."

Die Zeitmaschine wurde mit Sonnenenergie betrieben. Die glänzenden Platten auf ihrer Oberfläche waren Solarzellen, die das Sonnenlicht in Strom umwandeln konnten. Da sich die Maschine aber vorwiegend in der fünften Dimension – einem Ort, an dem es keine Zeit gab – aufgehalten hatte, hatten sich logischerweise auch die Batterien nicht aufladen können.

Schließlich konnte der Professor nichts anderes tun, als sich neben die Zeitmaschine ins Gras zu hocken und abzuwarten, bis der Energiestand wieder etwas angestiegen war.

„Wie lange, Archie, wird es schätzungsweise dauern?"

„Sechs bis acht Stunden. Wenn ich aber in der Zwischenzeit Ihre Fragen beantworten muß, dann entsprechend länger.“

„Okay, okay, ich sag' ja schon gar nichts mehr“, brummte Professor Ambrosius und starrte vor sich hin.

„Gibt's Probleme?“ fragte Thomas und setzte sich neben den Professor auf den Boden. Moorteufel zwängte sich dazwischen und ließ sich gleich von zwei Leuten streicheln.

„Mit der Programmierung bin ich fast fertig“, berichtete der Erfinder. „Ich bin bloß nicht sicher, ob Archie sich alles merkt, was ich eingegeben habe oder ob meine Befehle durch die Energieschwankungen gelöscht sind.“ Er seufzte. „Das kann ich aber erst später kontrollieren. Wahrscheinlich mitten in der Nacht.“

„Das hört sich nach einer heiklen Sache an“, meinte Thomas.

„Es ist auch heikel. Archie muß den Zeitstrahl zum richtigen Zeitpunkt aktivieren. Ich will, daß Sherin hierher versetzt wird – zu Alauddin, weit weg vom Geschehen. Kopfschmerzen machen mir die Flammen. Ich kann nicht zu nahe ran mit der Maschine, weil ich uns nicht gefährden darf. Es wird sehr heiß für Sherin werden – Alauddin muß daher sofort kaltes Wasser bereithalten, falls ihre Kleider schon angesengt sind. Die Hitze wiederum kann den Zeitstrahl ablenken. Du hast ja vielleicht schon im Physikunterricht gehört, daß sich Wellen unter verschiedenen Bedingungen anders verhalten ... Und jetzt auch noch die Sache mit der fehlenden Energie.“

„Es wird schon klappen“, sagte Thomas zuversichtlich. „Bisher hast du doch immer alles hingekriegt.“

„Du übertreibst“, entgegnete Professor Ambrosius. „Sehr oft geht etwas schief. Aber diesmal darf kein Fehler passieren. Wegen Sherin. Eine Sekunde zu spät, und sie stirbt in den Flammen.“ Er erzählte, daß er von Alauddin erfahren hatte, wie solche Trauerzeremonien aussahen: Für die Witwe wurde eine Art Wippe errichtet. Sie stand auf einer Plattform, während ein Diener auf der anderen Seite an einem Seil zog und die Plattform in die Höhe hievte. Die Witwe sprach ein letztes Gebet und sprang dann von oben ins Feuer, um wieder mit ihrem Gatten vereint zu sein.

„Scheußlich“, sagte Thomas kopfschüttelnd.

„Wir müssen den Moment abpassen, wenn Sherin springt“, sagte der Professor. „Der Rauch verdeckt alles, und die Zuschauer werden gar nicht merken, daß die Witwe verschwunden ist.“ Er knetete nervös seine Finger. „Alles weitere bleibt Alauddin überlassen. Hoffentlich macht er seine Sache gut. Von seiner Überredungskunst hängt es ab, ob Sherin die Geschichte mit dem Muttermal bezeugt, oder ob sie uns zum Teufel wünscht, weil wir ihr das Leben gerettet haben.“

Kurz vor Einbruch der Dunkelheit meldete Archie, daß wieder genug Energie da sei. Der Erfinder überprüfte seine Programmierung. Es war alles in Ordnung. Trotzdem schlief in dieser Nacht keiner der Zeitreisenden. Sie waren alle viel zu aufgeregt. Würde die Rettungsaktion klappen? Das Ganze war eine ziemlich kitzelige Angelegenheit, wie der Professor den anderen versichert hatte. Entscheidend würden Archies Genauigkeit beim Anpeilen und eine schnelle Reaktion sein.

„Ich geh’ nicht mit“, jammerte Michael am anderen Morgen. „Ich guck’ mir das nicht an. Kann ich nicht bei Alauddin bleiben und auf Sherin warten?“

„Meinetwegen“, sagte der Professor. „Ich zwinge niemanden, mitzukommen. So was ist nicht jedermanns Sache.“ Er blickte Heike und Thomas an. „Und wie steht’s mit euch?“

„Ich bin dabei“, entschied Thomas.

„Ich auch“, fügte Heike hinzu.

Beim Frühstück brachte keiner viel herunter. Kurz darauf starteten der Professor, Heike und Thomas mit der Zeitmaschine.

„Viel Glück“, wünschte ihnen Michael.

„Das können wir wirklich brauchen“, antwortete Professor Ambrosius. „Vergiß nicht, uns die Daumen zu drücken.“

Michael formte ein ‚V‘ mit den Fingern. Dann löste sich die Zeitmaschine in Luft auf und verschwand. Moorteufel bellte. Er blieb ebenfalls zurück.

„Jetzt können wir nichts anderes tun als warten“, meinte Alauddin und hockte sich mit verschränkten Beinen auf den Boden. „Setz dich zu mir, Michael, und nutze die Zeit, um zu entspannen.“

Michael versuchte, die Beine so zu legen, wie Alauddin es getan hatte, aber er schaffte es beim besten Willen nicht. „Das nennst du entspannen? Da krieg’ ich ja einen Krampf in den Schenkeln!“

„Es ist Yoga, mein Sohn.“

„Dort ist der Holzstapel“, flüsterte Thomas und bog die Büsche ein wenig auseinander, damit sie besser sehen konnten.

Heike schluckte. Ihre Knie waren weich wie Butter. Jetzt wäre sie am liebsten doch bei Michael und Alauddin gewesen. Begräbnisse und Trauerfeierlichkeiten waren nicht ihre Sache. Bei solchen Gelegenheiten wurde sie selbst immer unendlich traurig. Sie konnte sich gut vorstellen, wie schlimm es war, einen lieben Menschen zu verlieren.

Noch brannte der Holzstoß nicht, doch alles war vorbereitet. Einige Männer standen bereit. Sie würden das trockene Holz anzünden, sobald der Trauerzug mit dem Leichnam eingetroffen war. Heike erkannte an der Seite die Holzwippe. Ihr wurde fast übel, als sie sich vorstellte, was nachher geschehen würde. Wenn die Rettungsaktion nun nicht klappte! Vor Entsetzen schloß sie die Augen.

„Laßt mich auch mal schauen“, drängte der Professor hinter ihnen. Heike und Thomas traten zur Seite. Der Erfinder linste durch die Lücke und tippte einige Zahlen in seine Fernbedienung ein.

„Gut. Ich habe die Daten, und Archie weiß Bescheid, was er tun muß. Eigentlich dürfte nichts schiefgehen."

„Hoffentlich", sagte Heike bang. Ihr Herz klopfte zum Zerspringen.

„Ruhig Blut", redete ihr Thomas zu.

„Setz dich lieber in die Zeitmaschine, bevor du hier umkippst", meinte der Professor.

Doch Heike schüttelte den Kopf. Nein, das wollte sie auch nicht.

„Achtung", meldete Thomas. „Seid mal leise! Ich höre etwas."

Tatsächlich! Der Wind kam von Osten, und sie vernahmen bereits einige Takte des Trauergesangs. Dann wurde es wieder ruhig, aber die Zeitreisenden wußten, daß sich der Leichenzug näherte.

Wenig später sahen sie die ersten Menschen. Sie trugen ein großes Götterbild, das an zwei Stangen befestigt war. Es folgten einige Männer, die die Zeitreisenden für Priester hielten. Dann kam die Trauergemeinde. Gleich hinter den Leichenträgern, die die Bahre mit dem toten Jahan schleppten, schritt seine weißgekleidete Witwe. Sie trug weite Pumphosen, die an den Knöcheln mit roten Bändern verziert waren. Die Farbe Rot setzte sich im Oberteil fort. Die Witwe hatte das Haupt gesenkt. Ihr Haar war im Nacken zusammengebunden. Einmal hob sie den Kopf, aber ihre Miene war undurchdringlich. Heike hatte ein angstverzerrtes Gesicht erwartet, doch Sherin schien sich mit ihrem Schicksal abgefunden zu haben.

Die anderen Trauergäste trugen ebenfalls weiße Gewänder. Heike war überrascht, sie hatte ganz automatisch angenommen, daß Schwarz überall die Farbe der Trauer sei. Doch hier war es anders.

Jahans Bahre wurde feierlich auf dem Holzstoß abgesetzt, während die Trauergemeinde Gebete für den Toten

sprach. Mit langen Fackeln wurde dann das Holz entzündet. Es fing sofort Feuer. Hell loderten die Flammen empor und griffen nach Jahans Gestalt. Dunkler, dicker Rach quoll empor.

Die Witwe, geleitet von vier Frauen, hatte inzwischen ihren Platz bei der Wippe eingenommen. Man half ihr auf die Plattform. Heike fand das Schauspiel entsetzlich, trotzdem konnte sie ihre Augen nicht davon abwenden. Professor Ambrosius hielt die Fernbedienung bereit.

Der Wind trieb Rauchschwaden in die Richtung der Zeitreisenden. Der beißende Qualm reizte ihre Augen. Heikes Kehle fing an zu kratzen, und das Mädchen kämpfte gegen den Hustenreiz an. Jetzt bloß nichts verderben!

Heikes Augen fingen an zu tränen. Verschwommen sah sie, wie die Plattform in die Höhe gezogen wurde. Sherin schwankte nicht einmal, obwohl das Ganze ein schwindeliger Balanceakt war. Ruhig stand sie da, eine weiße leuchtende Gestalt inmitten der Rauchschwaden, reglos wie eine Puppe.

Dann endlich eine Bewegung. Sherin faltete ihre Hände und neigte den Kopf, daß ihre Fingerspitzen die Stirn berührten.

Die Zeitreisenden sahen, wie ihr Körper sich anspannte.

„Jetzt!“ schrie Thomas. Im selben Moment stieß sich Sherin ab. Ihr helles Gewand flatterte einen Sekundenbruchteil lang in der Luft. Professor Ambrosius drückte auf die Fernbedienung. Wie eine Flamme schoß ein greller Lichtblitz aus dem Feuer und erfaßte Sherin. Rauch verdeckte alles.

„Geklappt?“ fragte Thomas bang.

„Ich hoffe es“, sagte der Professor mit gequälter Miene. „Wenn nicht, dann habe ich zu spät gedrückt.“

Heike schlug schluchzend die Hände vors Gesicht.

„Jetzt keine Panik, Mädchen! Das nützt auch nichts mehr.“ Der Erfinder zerrte Heike von den Sträuchern weg. Gemeinsam stolperten sie auf die Zeitmaschine zu. Der Wind war stärker geworden, und die Rauchschwaden folgten ihnen. Hustend und schniefend erreichten sie die Kabine.

„Los, Archie“, ächzte der Professor. „Zurück zu Alauddin, wie es abgemacht war!“

„Ich werde mein Bestes tun“, antwortete der Computer.

Die Einstiegsluke glitt zu, und die Maschine begann zu dröhnen.

„Diese Warterei macht mich verrückt.“ Michael ging unruhig auf und ab. „Sherin müßte doch allmählich auftauchen. Vielleicht ist etwas schiefgegangen.“ Seine Stimme überschlug sich – bei ihm ein Anzeichen von Aufregung. „Bestimmt hat etwas nicht geklappt. Archie hat Mist gebaut!“

Er schlug mit der Faust gegen die andere Handfläche. „Ich hab's doch gewußt!"

„Geduld, mein Sohn", mahnte Alauddin. „Der Weg ist das Ziel, vergiß das nicht."

„Philosophische Sprüche vertrag' ich jetzt überhaupt nicht", murrte Michael. „Außerdem kapier' ich das nicht. *Der Weg ist das Ziel.* Ist mir zu hoch, tut mir leid."

Alauddin versuchte, es ihm zu erklären. „Angenommen, du sehnst dich mit höchster Inbrunst nach etwas ..."

„Einer Tafel Schokolade zum Beispiel."

„... wartest jahrelang darauf, und endlich erreichst du es."

„Ich weiß schon, meine Lieblingssorte ist endlich wieder lieferbar."

„Und dann ..."

„Dann mach' ich das Papier ab und schiebe den ersten Riegel in den Mund."

„... stellst du fest, daß du gar nicht so glücklich bist, wie du es dir in deiner Phantasie vorgestellt hast."

„Hm, der Riegel schmeckt fad und nicht so gut, wie ich es in Erinnerung habe."

„Damit will ich ausdrücken, daß das Sehnen und Wünschen das Eigentliche im Leben ist, mein Sohn. Das ist mit dem Spruch gemeint."

Michael überlegte. „Tja, aber soll ich nicht lieber einen Beschwerdebrief an die Schokoladenfirma schreiben?"

Die Antwort blieb Alauddin erspart, denn mit einem Mal erfüllte Rauchgeruch die Luft. Die Sonne schien sich zu verdunkeln, und plötzlich fiel eine weißgekleidete Gestalt vor seine Füße. Die Zipfel des Gewands waren leicht angesengt und qualmten bereits. Michael schrie vor Schreck auf. „Wasser!"

Zusammen mit Alauddin kippte er den ersten der bereitstehenden Wasserbottiche aus.

„Noch mehr?"

Alauddin streckte abwehrend die Hände aus. „Warte. Das Gewand ist schon gelöscht."

„Wie du meinst“, murmelte Michael. „Ich will sie ja nicht ersäufen.“

„Sie ist nicht bei Bewußtsein“, stellte Alauddin fest, der Sherin untersucht hatte. Sie lag mit dem Gesicht nach unten auf der Erde. Gesicht und Kleidung waren durch das Wasser schlammig, aber sonst waren keine äußeren Verletzungen erkennbar.

„Rauchvergiftung“, vermutete Michael. „Oder sie ist durch den Transport ohnmächtig geworden. Das kann bei Zeitreisen schon mal vorkommen.“

„Aber sie lebt“, sagte Alauddin. „Ihr Herz schlägt noch.“

Michael faßte nach Sherins Handgelenk. „Ja, der Puls ist gleichmäßig und kräftig. Ich hoffe, sie wird's überstehen.“

„Wir tragen sie in den Schatten“, befahl Alauddin. „Dort, unter den Mangobaum.“

Er packte Sherin an den Armen, Michael faßte nach ihren Füßen, und gemeinsam schleppten sie die Frau unter den Baum.

Alauddin betrachtete nachdenklich ihr Gesicht. „Sie ist alt geworden. Nun, ich habe sie siebzehn Jahre lang nicht gesehen. Außerdem hat sie es in der letzten Zeit bestimmt schwer gehabt. Jahan saß ja im Gefängnis, da war sie auf die Unterstützung durch ihre Verwandtschaft angewiesen. Die haben ihr das Leben sicher nicht leicht gemacht.“

In diesem Augenblick flimmerte die Luft. Die Zeitmaschine landete, und der Professor, Heike und Thomas sprangen heraus.

„Ist sie da?“ – „Hat es geklappt?“ – „Ist sie unverletzt?“

Alauddin deutete auf den Fuß des Mangobaums. „Da liegt sie. Sie ist ohnmächtig, aber Brandwunden hat sie nicht.“

„Ein großes Lob an Archie!“ sagte der Professor erleichtert. „Er hat seine Sache hervorragend gemacht.“

Aus dem Innern der Maschine kam ein tiefer Seufzer. „Hach, wie tut das gut! Sie glauben nicht, wie man manchmal ein Lob nötig hat!“

Einladung zur Tigerjagd

„Die arme Frau ist vollkommen überfordert“, meinte Heike. „Erst stirbt ihr Mann, dann rechnet sie mit dem Flammentod, und jetzt erfährt sie auch noch, daß ihr eigener Sohn schon seit Jahren ein falscher Maharadscha ist.“

„Es wird 'ne Weile dauern, bis sie die Nachricht verdaut hat“, sagte Michael.

Sherin hockte auf einem Sitzkissen, das Alauddin aus seiner Hütte geholt hatte. Sie sagte gar nichts. Ihre Augen schimmerten dunkel. Ab und zu rollte eine Träne über die Wange, die sie wortlos mit dem Handrücken wegwischte.

Heike hätte die alte Frau gerne in die Arme genommen und getröstet, doch sie wußte nicht, ob es Sherin recht gewesen wäre. Sie wirkte so abweisend und unnahbar. Heike zuckte hilflos mit den Achseln. Sie konnte im Moment wenig ausrichten.

Auch Alauddin mußte warten. Von Sherins Hilfe hing sein weiteres Vorgehen ab. Im Augenblick war jedoch noch nicht klar, wie sich die Witwe entscheiden würde. Alauddin hockte da und schnitzte an einem Holzstück herum. Wieder einmal entstand ein Elefant, diesmal ein kleiner, der munter seinen Rüssel hob.

„Hübsch machst du das", sagte Heike, setzte sich an seine Seite und sah ihm zu. Alauddin arbeitete geschickt und zielstrebig. Sein Schnitzmesser flitzte rasend schnell hin und her, Holzspäne kringelten sich auf dem Boden, und bald war die Form des Elefanten erkennbar.

„Die Feinheiten machen am meisten Arbeit", erklärte Alaudin dem Mädchen. Ab und zu warf er einen Blick auf Sherin. Die Witwe saß noch immer unverändert da. Man hätte sie für eine Statue halten können.

Professor Ambrosius kauerte unter dem Mangobaum und starrte ins Leere. Doch er lächelte dabei und zog einen Grashalm durch die Lippen.

„Woran denkst du?" Michael nahm neben ihm Platz.

„Das geht dich gar nichts an."

„An Prinzessin Layla?"

„Wie kommst du denn darauf?" Der Professor ließ den Grashalm fallen. „Warum ausgerechnet an die Prinzessin?"

An sie genau hatte er gedacht, aber er hatte keine Lust, es seinem Großneffen auf die Nase zu binden.

„Äh … nun ich dachte … sie ist doch ’n tolles Mädchen."

Michael zuckte mit den Schultern und fuhr mit beiläufig klingender Stimme fort: „Find’ ich jedenfalls. Wenn sie bei uns in der Klasse wäre, wäre der Unterricht viel interessanter, darauf kannst du Gift nehmen!"

„Hm."

„Wie gefällt sie dir eigentlich? Rein optisch – meine ich."

„So genau habe ich sie mir gar nicht angeschaut."

‚Schwindler‘, dachte Michael. ‚Du hast sie doch unablässig angeglotzt. Aber warte nur, ich zieh' dir schon noch alles aus der Nase, was ich wissen will.'

Laut sagte er: „Sie hatte ziemlich große Zähne, findest du nicht?"

„Mir sind sie nicht so groß vorgekommen."

„Aber die Nase. Die war leicht gekrümmt. Fast wie ein Adlerschnabel."

„Unsinn. Es war eine schöne, schlanke Nase, wie sie makelloser nicht hätte sein können."

„Hast du die Ohren gesehen? Die Ohrläppchen waren angewachsen, und man sagt doch immer, daß solche Menschen irgendwie hinterhältig sind."

„Einen größeren Blödsinn habe ich noch nie gehört!" brauste der Professor auf. „Es gibt nichts Dümmeres, als von solchen Äußerlichkeiten auf den Charakter zu schließen. – Sag mal, was soll das Gespräch überhaupt? Was interessiert dich denn die Prinzessin?"

„Och, nur so." Michael tat harmlos. „Ich mußte nur eben an sie denken. Oder ist das verboten?"

„Du kannst denken, was du willst. Aber bitte behalte deine Gedanken für dich." Der Professor stand auf. Er war verstimmt. „Große Zähne." Er schüttelte den Kopf. „Adlernase ... So ein Unsinn! – Ich vertrete mir jetzt die Füße. Diese Herumsitzerei macht mich ganz krank!"

Moorteufel wollte dem Erfinder folgen, aber dieser scheuchte den Hund fort. „Laß mich in Ruhe. Ich will jetzt allein sein, kapiert?"

„Was hast du denn mit ihm gemacht?" wollte Thomas von Michael wissen. „Warum ist er auf einmal so sauer?"

„Ich hab' ihn nur gefragt, ob ihm das Pferdegebiß von Prinzessin Layla aufgefallen ist."

„Wieso? Hat sie denn eines?"

Michael machte eine Kopfbewegung in die Richtung, in der der Professor verschwunden ist. „Da mußt du ihn schon selber fragen. Der hat sich Layla doch am längsten angeschaut."

Thomas grinste. „Du sollst den armen Professor nicht immer so ärgern."

„Ich wollte bloß was herauskriegen."

„Was denn?"

„Ob er tatsächlich in Layla verknallt ist."

„Ist er?"

„Und wie! Den hat's total erwischt. Und weißt du, Thomas, was ich glaube?"

„Nein, aber du wirst es mir gleich sagen."

„Wir werden noch eine Menge Ärger kriegen. Vielleicht will er Layla mitnehmen!"

„Das macht er nie! Du kennst doch seine Sprüche. *Die Vergangenheit darf auf keinen Fall geändert werden.* Und so weiter."

„Wart's ab. Verliebte sind unberechenbar. Und daß er sich verjüngt hat, ist ein Alarmzeichen. Der ist imstande und wirft wirklich all seine Grundsätze über Bord!"

Es wurde Abend. Alauddin bot Sherin eine Schale Reis an.

„Ich verstehe und respektiere deine Trauer, Sherin. Aber du mußt jetzt trotzdem etwas essen."

Erst schien es, als hörte ihn die Witwe gar nicht. Doch dann nahm sie mit zitternden Fingern die Schale aus seinen Händen.

„Die Götter mögen dich belohnen, Alauddin. Du bist so gut zu mir. Und ich habe unzählige Male deinen Namen voller Haß ausgesprochen. Wie habe ich dich verflucht, als Jahan ins Gefängnis gesperrt wurde! Ich gab dir auch die Schuld für Isas plötzliches Verschwinden. Ich war überzeugt, daß du einen Mörder beauftragt hattest, um Isa heimlich aus dem Weg zu schaffen."

Alauddin wurde verlegen, als Sherins Blick auf ihm ruhte. „Schon gut, Sherin. Ich kann dich ja verstehen. Niemand hat gemerkt, daß Isa am Hof meine Stellung als Maharadscha eingenommen hat." Er lachte kurz auf. „Ich muß wohl ein ganz schön schlechter Herrscher gewesen sein."

Sherin schüttelte den Kopf. „Wir haben uns alle gefragt, warum der Maharadscha Alauddin ganz anders regiert als sein Vater. Es wurde von Jahr zu Jahr schlimmer. Dein Vater war ein milder Herrscher. Man konnte mit jedem geringfügigen Anliegen bei ihm vorsprechen, und er hat immer versucht, sich Zeit für seine Bittsteller zu nehmen. Wenn die Ernte einmal schlecht ausfiel, hat er die Bauern nicht mit unnötigen Abgaben in noch größere Not und Armut gestürzt. – Oh, wir haben uns oft gefragt, warum sein Sohn so hartherzig regiert."

Sie kaute einige Körner Reis, hielt aber bald wieder inne, um weiterzusprechen.

„Ich schäme mich zutiefst für meinen Sohn Isa, der dir den Thron weggenommen hat. Ich kann fast nicht glauben, daß ich jenen Mann geboren habe, der all dieses Unrecht angerichtet hat. Und doch ist es so. Isa hat seine eigenen Eltern verleugnet. Er hat seinen Vater ins Gefängnis werfen lassen, und ich habe seit jenem Tag in bitterer Armut gelebt." Sie preßte ihre Lippen zusammen. „Isa ist nicht mehr mein Sohn. Und deswegen werde ich dir helfen, Alauddin. Du sollst deinen Thron wiederbekommen."

„Danke, Sherin", sagte Alauddin leise. „Ich verspreche dir, daß ich milde mit Isa verfahren werde, wenn ich wieder Maharadscha bin."

Nachdem Sherin bereit war, Alauddin zu unterstützen, überlegten sie alle gemeinsam, wie sie vorgehen sollten. Alauddin wollte ein Schreiben an den Großmogul Akbar richten, aber Professor Ambrosius machte einen besseren Vorschlag.

„Ein Brief kommt manchmal nicht an oder gerät in falsche Hände. Nein, ich bin dafür, direkt bei Akbar vorzusprechen. Bitte ihn um eine Audienz und schildere ihm dein Schicksal. Sherin kann deine Worte gleich bezeugen."

Alauddin wurde unsicher. „Ihr kommt doch mit?" fragte er. „Es ist weit von hier bis nach Fatehpur Sikri, wo sich der

Mogul zur Zeit aufhält. Bis ich zu Fuß oder mit einem Maulesel dort bin, vergeht eine Ewigkeit."

„Wir werden dich selbstverständlich mit der Zeitmaschine hinbringen", versprach der Erfinder.

Es war eine gute Entscheidung, denn allein wäre Alauddin vermutlich kaum zu Akbar vorgelassen worden. Der Pförtner warf nur einen flüchtigen Blick auf den armselig wirkenden Mann und wollte ihm das Fensterchen vor der Nase zuschlagen.

„Halt, halt", mischte sich da der Professor ein. „Es geht um ganz wichtige Dinge. Oder ist es eine Kleinigkeit, wenn einer dem anderen einfach den Thron wegnimmt?"

Der Pförtner blinzelte den Fremden an. Wie groß er war und welch seltsame Kleidung er trug!

Professor Ambrosius nutzte die Chance und fuhr fort: „Stell dir vor, du kommst eines Morgens zur Arbeit, und es ist schon einer da, der deinen Namen trägt und deinen Job macht. Keiner glaubt dir, daß du derjenige bist, der du immer gewesen bist."

Der Pförtner stutzte und schien nachzudenken.

„Um einen solchen Fall geht es. Bloß ist dieser Mann kein Pförtner wie du, sondern ein Maharadscha."

Der Pförtner gab endlich nach. „Gut, ich werde sehen, ob ich eine Audienz bei Akbar durchsetzen kann."

Sie mußten warten. Es kam ihnen endlos lange vor.

„Wir hätten einfach mit der Zeitmaschine in den Palast eindringen sollen", murrte Michael.

„Aber das wäre Hausfriedensbruch gewesen, mein Lieber, und Akbar hätte uns wahrscheinlich sehr schnell vor die Tür setzen lassen", wies Professor Ambrosius ihn zurecht.

Sherin hatte die Fahrt mit der Zeitmaschine sehr gelassen hingenommen. Sie wunderte sich zwar über das Fahrzeug, das in Sekundenschnelle viele Meilen zurücklegen konnte, aber sie ängstigte sich nicht davor. Nach all den Schicksalsschlägen, die sie erlitten hatte, konnte die Witwe kaum noch etwas erschüttern. Endlich wurden die Zeitreisenden zusammen mit Alauddin und Sherin vorgelassen. Sie wurden durch einen Hof in die private Audienzhalle, den *Diwan-i-khas,* geführt. Heike staunte über die unendliche Pracht der Palastanlage. Mauern trennten die einzelnen Abschnitte voneinander. Darüber erhoben sich die Dächer und Kuppeln der Gebäude. Überall sah man aufwendige Holzornamente, denn nach dem islamischen Glauben war jede Figurendarstellung verboten. Die schlanken Säulen trugen üppige Verzierungen, dazwischen leuchteten immer wieder Blumen. Die Zeitreisenden waren sehr beeindruckt.

Auch die Audienzhalle flößte ihnen Ehrfurcht ein. In der Mitte des Raumes befand sich eine große Säule, die sich zur Decke hin verbreiterte.

Heike erschrak, als sie entdeckte, daß oben auf der Säule ein Mann saß. Den prächtigen Gewändern nach war es kein anderer als der Großmogul selbst.

Sie warfen sich auf den Boden und verharrten dort reglos, bis Akbar sie nach dem Grund ihres Kommens fragte. Alauddin durfte sich erheben und begann, seine Geschichte vorzutragen.

Akbar hörte geduldig zu. Ab und zu stellte er eine Zwischenfrage.

„Gibt es einen Zeugen für deine Behauptungen? Woher soll ich wissen, daß du dir die ganze Geschichte nicht ausgedacht hast, um den Maharadscha zu stürzen?“ Seine Stimme klang sehr streng.

Jetzt meldete sich Sherin zu Wort. Ruhig und gefaßt gab sie ihre Erklärung ab.

„Herr, ich bin die Mutter jenes Frevlers, der zur Zeit auf dem Thron sitzt. Jedes Wort, das Alauddin gesagt hat, ist wahr. Er und mein Sohn Isa waren einst enge Freunde. Das Schicksal hat es so gefügt, daß sie einander zum Verwechseln ähnlich sahen. Sie machten sich oft einen Spaß daraus, ihre Rollen zu tauschen und die anderen Leute an der Nase herumzuführen.“ Sie holte Luft. „Ein Merkmal, o mein gütiger Herrscher, gibt es jedoch, an dem man die beiden unterscheiden kann. Mein Sohn Isa besitzt am unteren Rücken ein Muttermal in der Form eines Elefantenzahns. Er trägt das Mal bereits von Geburt an, und es ist auch während seiner Jugend nicht verblaßt." Sherin verneigte sich.

Akbar dachte nach. Heike warf einen verstohlenen Blick nach oben. Der Mogul hatte den Kopf in eine Hand gestützt, die andere ruhte auf der geschnitzten Holzbrüstung. Vier Balkone liefen von den Wänden auf die Stelle zu, wo der Herrscher saß.

„Und du verlangst von mir, daß ich den Maharadscha entlarve und dir wieder zu deinem Recht verhelfe?"

Alauddin nickte. „Wenn es jemandem möglich ist, dann Euch."

Akbar lachte unvermittelt auf. „Und wie stellst du dir das vor? Soll ich ihn einladen und verlangen, daß er sich vor mir auszieht, damit ich sehe, daß er das Muttermal wirklich an der beschriebenen Stelle trägt?"

Alauddin schluckte. „Darüber habe ich mir noch keine Gedanken gemacht, o Herr."

Akbar lachte noch immer. „Oder soll ich ihn gar in meinen Harem schicken, damit die Frauen bezeugen, daß er ein Muttermal hat?"

Alauddin senkte den Kopf. Machte sich der Großmogul über ihn und sein Anliegen lustig?

„Nein, ich habe eine bessere Idee." Akbar gluckste. „Ich werde den falschen Maharadscha zu einer Tigerjagd einladen. Eine Jagd ist etwas Feines. Da geht es manchmal recht rauh zu, und es kann schon passieren, daß ein Gewand zerreißt, haha!"

„Ich habe keine Lust, auf einem Elefanten zu reiten, tut mir leid", schnaubte Professor Ambrosius. „Ich bin zwar für alle möglichen Vergnügungen zu haben, aber eine Tigerjagd ist doch nicht ganz nach meinem Geschmack."

„Außerdem kommt Prinzessin Layla“, sagte Michael leise zu Thomas, doch die Bemerkung war laut genug, daß der Erfinder sie verstand.

„Hört zu, ihr beiden Lümmel“, ereiferte sich der Professor. „Ich liebe die Ruhe und Abgeschiedenheit, kein lautes Getümmel. Deswegen konnte ich mich auch noch nie für Fußballspiele, Sportfeste oder Rockkonzerte begeistern. Eine Tigerjagd ist außerdem eine recht blutige Angelegenheit, und ihr wißt sehr wohl, daß ich Brutalitäten aller Art verabscheue. Habe ich mich klar genug ausgedrückt?“ Er funkelte die beiden zornig an. „Mit Prinzessin Laylas Besuch hat das gar nichts zu tun. Es hat mich sowieso gewundert, daß sie mitkommt. Andererseits ist es ganz natürlich, daß sie den Maharadscha begleitet. Sie ahnt ja noch nicht, daß sie siebzehn Jahre lang einen falschen Mann für ihren Vater gehalten hat.“

„Ich will auch nicht an der Tigerjagd teilnehmen“, erlärte Heike. „Die armen Tiere tun mir jetzt schon leid. Sie haben doch gegen die Treiber gar keine Chance. Und immer die Geschichten vom menschenfressenden Tiger! Das sind bestimmt maßlose Übertreibungen! Wenn Tiger genug zu fressen haben, fallen sie keinen Menschen an. Höchstens um ihre Jungen zu verteidigen.“

„Ihr hört Heike, die Tierschützerin“, sagte Thomas und grinste.

„Ich bezweifle aber, daß es dir gelingen wird, den Mogul von der Jagd abzuhalten.“

„Von uns läßt er sich bestimmt keine Vorhaltungen machen“, sagte der Professor. „Es ist schon großzügig genug, daß er uns hier wohnen läßt, bis der Maharadscha mit Prinzessin Layla in Fatehpur Sikri eingetroffen ist.“

„Jedenfalls findet die Tigerjagd ohne mich statt“, bekräftigte Heike.

„Dich will ja auch keiner jagen“, meinte Michael augenzwinkernd. „Außerdem dürfen sowieso keine Frauen an der Jagd teilnehmen. Das ist ein reines Männervergnügen.“

„Vergnügen", entrüstete sich Heike. „Wie kann man daran nur Spaß haben, Tiere totzuschießen?"

„Du kannst ja inzwischen mit Sherin Schach spielen", murmelte Michael. Er und Thomas würden zusammen mit Alauddin bei der Jagd dabeisein. Nur als Zuschauer, wie Michael betonte. Sie waren gespannt auf Isas Entlarvung. Wie würde der falsche Maharadscha reagieren, wenn er plötzlich Alauddin gegenüberstand und seine Betrügerei herauskam?

Alauddin selbst fürchtete sich ein wenig vor diesem Augenblick. „Ich habe siebzehn Jahre auf den Moment gewartet", gestand er. „Werde ich hinterher glücklicher sein? Oder hätte ich doch lieber allein in den Bergen bleiben sollen?" Er holte aus den Falten seines Gewands den Holzelefanten heraus, der alles ins Rollen gebracht hatte, und zitierte leise das Orakel: *„Ein Elefant weist dir deinen Weg. Einen Mann wird er töten, doch er wird dir vier Freunde bringen. Dein Leid wird ein Ende haben, und Gerechtigkeit wird walten. Die Sonne wird leuchten für dich, aber einer der vier wird sich den Tod wünschen, denn Welten stehen zwischen ihm und dem Glück."*

„Einer der vier", wiederholte Michael gedankenvoll. „Ob damit einer von uns gemeint ist?" Er schaute unsicher in die Runde. „Aber wer?"

Es war Vormittag und nieselte leicht, aber schon jetzt machte sich die Schwüle bemerkbar. Michael eilte zwischen den Elefanten hindurch, die mit ihren *Mahouts*, den Führern, auf die Teilnehmer der Jagd warteten. Die Treiber, die die Tiger im Dschungel aufspüren sollten, waren bereits seit den frühen Morgenstunden auf ihren Pferden ausgeschwärmt.

Endlich entdeckte Michael seinen Freund Thomas. Er half gerade einem *Mahout*, eine Sänfte auf dem Rücken des Elefanten zu befestigen. Das Tier spürte die Aufregung ringsum und ließ sich von der Unruhe anstecken.

„Ah, da bist du", rief Michael erleichtert. „Ich habe gedacht, du bist schon fort.“ Er wischte sich den Schweiß von der Stirn. „Puh, ganz schön heiß. Das wird im Dschungel noch lustig werden.“ Er schlug ärgerlich nach einigen Stechmücken, die um ihn herumschwirrten.

Thomas drehte sich um und ließ seinen Blick über die Szenerie gleiten. Was für ein Spektakel! Die geschmückten Elefanten mit den Sänften und die bunt gekleideten Männer, die mit Pfeil und Bogen oder mit Lanzen bewaffnet waren ... Manche hatten große Schwierigkeiten, überhaupt auf die Tiere hinaufzuklettern und ihren Platz in der Sänfte einzunehmen. Die *Mahouts* waren zwar zur Stelle und halfen, aber einige Fettwänste stellten sich trotzdem sehr ungeschickt an.

„Siehst du den Maharadscha irgendwo?“ Michael stellte sich auf die Zehenspitzen und reckte sich.

Thomas schüttelte den Kopf. „Ich habe gehört, er ist bei der anderen Abteilung. – Da kommt Alauddin!“ Er wich zur Seite, um einem Elefanten Platz zu machen. Alauddin thronte auf seinem Rücken und hob grüßend die Hand. Der *Mahout* saß auf dem Elefantennacken und lenkte das Tier mit bloßen Füßen.

„Viel Glück“, rief Thomas Alauddin zu. „Hoffentlich geht alles gut!“

Die beiden Jungen blickten dem Elefanten nach, wie er sich entfernte. Immer mehr Tiere strebten nun mit ihrer Last auf dem Rücken dem Wald zu.

„Jetzt sind wir dran“, meinte Thomas. Der *Mahout*, dem er zuvor geholfen hatte, lächelte und wies einladend auf seinen Elefanten.

„Sieht verdammt hoch aus“, meinte Michael.

„Sieht nicht nur so aus“, entgegnete Thomas. Der Elefant umfaßte ihn mit dem Rüssel und hievte ihn in die Höhe, so daß er mühelos die Sänfte erreichen konnte.

Michael bedeckte seine Augen mit den Händen. „Ich kann gar nicht hinschauen.“ Schon schlang sich der Elefantenrüssel um seine Taille. „Hi-hilfe!“

Thomas zog seinen Freund in die Sänfte. „So schlimm ist es hier oben gar nicht."

„Dddas dddenkst du", stotterte Michael. „Wenn man runterfällt, kann man sich alle Knochen brechen."

Der *Mahout*, der auf dem Elefantennacken Platz genommen hatte, drehte sich um. Seine weißen Zähne blitzten. „Es geht gleich los."

„Ich hätte doch lieber vorher mein Testament machen sollen", jammerte Michael, als sich der Elefant in Bewegung setzte, und klammerte sich an Thomas' Arm. „Sicherheitsgurte gibt es hier auch nicht."

Doch langsam gewöhnte er sich an die schaukelnden Bewegungen und fand die Fortbewegungsart ganz erträglich, zumindest, solange der Elefant nur in gemächlichem Tempo dahinstapfte. Schließlich tauchten sie in das dämmrige Grün des Dschungels ein. Farnwedel streiften links und rechts den Elefanten, Schlingpflanzen wurden niedergetreten, und in den Baumwipfeln kreischten die Vögel, die sich durch das Eindringen der Elefanten gestört fühlten.

Bald verlor Michael jede Orientierung. Er hätte nicht mehr sagen können, aus welcher Richtung sie gekommen waren. Bewegten sie sich im Kreis, oder kamen sie tatsächlich voran? Ab und zu sahen sie zwischen den Baumstämmen einen anderen Elefanten. Geknickte Zweige und zertrampelte Sträucher bewiesen, daß sie nicht allein im Wald waren.

„Diese elenden Blutsauger!" Wieder einmal schlug Michael nach einer Mücke, so heftig, daß er beinahe das Gleichgewicht verlor und um ein Haar aus der Sänfte gefallen wäre. Thomas hielt ihn geistesgegenwärtig fest.

„Ich hab's doch gewußt, daß es böse enden wird", schimpfte Michael und dachte einen Moment lang an die Prophezeiung, die einem von ihnen Unglück verhieß.

Der Elefant blieb stehen, denn ganz in der Nähe ertönte plötzlich ein wütendes Gebrüll.

„Der Tiger!“ Michaels Blut erstarrte in den Adern. Stocksteif blieb er in der Sänfte hocken und umklammerte Thomas mit eisigem Griff.

Für den Bruchteil einer Sekunde sahen die beiden Jungen einen langgestreckten Körper. Er flog förmlich vorbei. Michael glaubte, daß ein Speer in seinem Leib steckte, aber ganz sicher war er sich nicht. Es ging alles viel zu schnell. Ein Elefant folgte dem Tiger in rasendem Lauf. Geschrei, das Geklirr von Stangen, noch einmal ein lautes Brüllen – danach herrschte Ruhe.

Ein bunter Schmetterling gaukelte zwischen den Bäumen hindurch, als sei nichts geschehen.

Michael fand seine Sprache wieder. „Ob er ihn gekriegt hat?“

Der *Mahout* trieb den Elefanten an. Der Dschungel wimmelte plötzlich von Reittieren. Von allen Seiten strömten die Elefanten zusammen. Bis Michael und Thomas die Stelle erreichten, hatten sich zwanzig und mehr Tiere um den toten Tiger versammelt. Michael reckte den Hals. Den Tiger sah er nicht, denn eine andere Sänfte versperrte ihm die Sicht. Er erblickte nur einen fülligen Mann am Boden, der verzweifelt die Teile seines Gewands raffte. Hinter ihm stand ein *Mahout*, der ein Schwert in der Hand hielt.

„Mir schien, als habe der Tiger noch gezuckt! Verzeiht, daß ich versehentlich Euch erwischt habe!“

Ringsum wurden Rufe laut.

„Seht das Muttermal!“

„Es ähnelt einem Elefantenzahn.“

„Ich kenne dieses Zeichen.“ Die Stimme gehörte Alauddin. „Dieses Muttermal trug Isa, Jahans Sohn. Sherin, seine Mutter, kann es bezeugen. – Dieser Mann ist nicht der Maharadscha Alauddin, sondern ein Betrüger!“

Der falsche Maharadscha erbleichte. Er drehte sich nach dem Ankläger um und erblickte Alauddin.

„Du –?“ Er schwankte vor Überaschung.

„Das Spiel ist aus“, sagte Alauddin.

„Aber einer der vier wird sich den Tod wünschen, denn Welten stehen zwischen ihm und dem Glück“, zitierte Heike leise und sah Thomas und Michael gequält an. „Jetzt wissen wir, wer gemeint ist.“

„Onkel Ambrosius“, erwiderte Michael. Er war wie vor den Kopf geschlagen. Die Kinder konnten es nicht fassen, was der Professor vor wenigen Minuten erklärt hatte. Er hatte beschlossen, für immer in der Vergangenheit zu bleiben. Alauddin, der von Akbar wieder als rechtmäßiger Maharadscha eingesetzt worden war, hatte dem Professor die Hand von Prinzessin Layla angeboten – als Belohnung für die Dienste, die die Zeitreisenden ihm geleistet hatten.

„Ich verstehe nicht, wie er das Angebot annehmen konnte“, erklärte Heike. „Ich hätte schwören können, er lehnt es ab.“ Sie schlug die Hände vors Gesicht und heulte.

„Ich hab' ja gleich gesagt, daß er in Layla verliebt ist, und diese Chance läßt er sich natürlich nicht entgehen“, bemerkte Michael. „So ganz recht hat das Orakel nicht. Er ist entschlossen, alle Mittel einzusetzen, damit keine Welten zwischen ihm und Layla liegen.“

„Aber an uns denkt er dabei überhaupt nicht“, regte sich Heike auf. „Was sollen wir nun tun?“ Sie schniefte und zog die Fernbedienung aus der Tasche, die dem Professor gehört hatte. Er hatte sie ihr anvertraut. „Falls deine Fernbedienung mal kaputt geht, hast du wenigstens Ersatz. Ich hoffe, daß ihr gut nach Hause kommt. Am liebsten wäre es mir, ihr würdet die Zeitmaschine vernichten, aber das bringt ihr bestimmt nicht fertig. Dann müßt ihr eben in Zukunft ohne mich reisen. Hoffentlich seid ihr dabei vernünftig.“

„Vernünftig“, schnaubte Heike jetzt. „Dabei ist er der Unvernünftigste von uns allen!“

„Die Liebe vernebelt eben total sein Gehirn“, bemerkte Thomas.

„Ich hab' ihn gefragt, was wir Frau Schneider erzählen sollen, wenn er nicht zurückkommt", berichtete Heike und wischte sich mit dem Handrücken die Tränen ab. „Wißt ihr, was er geantwortet hat: ‚Erzähl ihr die Wahrheit. Ich habe die Frau meines Lebens kennengelernt. Mein Glück ist vollkommen.'"

„Liebe ist doof", sagte Michael.

„In diesem Fall ja", antwortete Thomas. „Ich gönne ihm ja sein Glück, aber –"

„Nein!" schrie Heike. „Nein, nein, nein! Wir gönnen es ihm nicht! Wir lassen ihn nicht hier! Er muß wieder mit uns zurück – um jeden Preis!"

„Sind diesmal alle Mittel recht?" fragte Michael und legte den Kopf schief. „Ausnahmsweise?"

Heike nickte.

„Dann habe ich eine Idee ..."

„Fein", sagte Michael und klopfte dem Professor auf die Schulter. „Es wird eine ganz tolle Hochzeit werden, bestimmt! Du und Layla werdet auf einem weißen Elefanten reiten ..." Unauffällig schob er dem Erfinder einen neuen Becher Wein hin. Professor Ambrosius griff automatisch zu und leerte ihn bis zur Neige. Sein Blick war schon reichlich glasig, als er sich von Akbars Tafel erhob.

Man feierte die erfolgreiche Jagd und Alauddins Wiedereinsetzung als Maharadscha. Isa befand sich im Gefängnis. Dort sollte er erst einmal in Ruhe über seine Vergangenheit nachdenken. Alauddin war sich noch nicht ganz klar, was mit Isa geschehen sollte. Vielleicht würde er ihn des Landes verweisen.

Akbar hatte die köstlichsten Speisen auftischen lassen. Es gab auch erlesene Weine, obwohl der Großmogul selbst keinen Tropfen davon anrührte. Sein Glaube verbot ihm, Alkohol zu trinken. Auch Alauddin trank nichts – und so blieb der Wein den Gästen überlassen. Akbar hatte Besuch aus England und Portugal. Beide Parteien konnten sich zwar nicht ausstehen, aber sie sprachen dem Wein reichlich zu.

Ebenso wie Professor Ambrosius, der sein Glück noch immer nicht fassen konnte. Seine Träume waren Wirklichkeit geworden. Nie hätte er mit Alauddins Angebot gerechnet! Layla würde seine Frau werden.

Die zukünftige Braut war jedoch bei dem Festmahl nicht dabei. Angeblich litt sie an Kopfschmerzen und hatte sich früh zurückgezogen. Professor Ambrosius hoffte sehr, daß sie nicht seinetwegen Migräne bekommen hatte. Wer weiß, was sie von der Sache hielt? Die Frauen hier waren es zwar gewohnt, daß die Eltern irgendwelche Ehemänner für sie bestimmten, aber wer weiß, vielleicht hätte Layla gerne ein Mitspracherecht dabei gehabt? Ob er ihr überhaupt gefiel?

Professor Ambrosius versuchte, seine Zweifel zu ertränken und sprach dem Wein mehr zu, als für ihn gut war. Als er aufstand, merkte er, daß er nicht mehr ganz sicher auf den Beinen war.

„Warte, ich helfe dir", erbot sich Michael und packte den Professor am Arm.

„Ich muß unbedingt mal raus", brummte der Erfinder.

„Ich zeig' dir die Toilette", log Michael, der nur auf diesen Augenblick gewartet hatte. „Los, komm, hier geht's entlang, nach rechts."

Sie verließen den Festsaal. Draußen auf dem Gang warteten schon Heike und Thomas. Sie zerrten den Professor hinaus in den Garten.

„He, Moment mal", protestierte dieser schwach. „Das ist ja gar nicht die Toilette ..."

„Richtig, das ist eine Entführung", sagte Thomas. Gemeinsam stießen die Kinder den Erfinder in die Zeitmaschine.

„Los, Archie", befahl Michael. „Volle Kraft nach Hause!"

„Wuff", bellte Moorteufel, als die Einstiegsluke zuging.

„Du sagst es", lobte Heike den Hund. „Gerade noch geschafft!"

Die Zeitmaschine begann zu dröhnen. Draußen vor den Fenstern wallte der weiße Nebel des Zeitsroms. Akbars Palast war verschwunden.

Der Professor betastete ungläubig sein Gesicht. Alle Falten waren wieder da. Das Haar war wieder ergraut. Auch seine Weinseligkeit war verflogen.

„Aber warum ... was denn?"

„ABV und ZHW", erklärte Michael. „Wir haben die Zusatzprogramme ALLES BLEIBT IN DER VERGANGENHEIT und ZEIT HEILT WUNDEN eingeschaltet, um sicher zu gehen, daß wir nichts aus dem 16. Jahrhundert mitnehmen."

„Auch keine Wunden", sagte Heike. Sie zeigte ihre Arme. „Schaut her, ich hatte einen Sonnenbrand. Der ist verschwunden."

„Aber ich will nicht zurück!" Der Professor machte Anstalten aufzuspringen, aber Michael und Thomas drückten ihn in den Sitz zurück. „Ich hab' mich nicht mal von Layla verabschiedet. Ich ... ich ..." Er vergrub sein Gesicht in den Händen. Seine Schultern zuckten.

„Armer Onkel Ambrosius", sagte Heike mitleidig. „Aber diesmal durften wir dir nicht nachgeben, um keinen Preis."

„Ich hab' sie geliebt ... liebe sie ..."

Michael warf Thomas einen unsicheren Blick zu. „Und ich hätte gedacht, daß ZHW auch bei Liebeskummer hilft."

„Aber Onkelchen", Heike kniete sich neben dem Erfinder und versuchte, ihm ins Gesicht zu sehen. „Ganz ehrlich: Du warst doch viel zu alt für sie!"

„Findest du?" fragte Professor Ambrosius schwach.

Heike nickte.

Michael hob den Blick zur Kabinendecke und entschloß sich zu einer Notlüge. „Ich hab' Layla gesehen, nachdem sie mit Alauddin gesprochen hatte. Sie hat Rotz und Wasser geheult. Total unglücklich, das Mädchen. ‚Ich will keinen Ehemann, der schon mit einem Bein im Grab steht.' Hat sie gesagt. Ich hab's gehört. Ehrenwort."

Er verschränkte die Finger hinter seinem Rücken. Archie räusperte sich. Michael versetzte dem Armaturenbrett einen Stoß. „Sei bloß ruhig", zischte er.

Archie verkniff sich seine Bemerkung.

Der Professor sagte gar nichts. Mit leerem Blick starrte er vor sich hin, bis der Computer verkündete: „Wir sind da."

Sie waren in der Tropfsteinhöhle gelandet.

Michael tat erfreut. „Endlich wieder zu Hause!"

Professor Ambrosius seufzte tief.

„Mit einem Bein im Grab", wiederholte er. Als die Einstiegsluke aufglitt, wankte er nach draußen.

„Das war ein bißchen stark, aber es scheint zu nützen", murmelte Michael. „Notlügen sind dann erlaubt, wenn man sich in Not befindet. Und das waren wir ja. – Aber du hättest fast alles verdorben, Archie!"

„Gar nicht", widersprach der Computer. „Ich wollte etwas ganz anderes sagen."

„Was denn?" fragten die Kinder wie aus einem Munde.

„Ich muß etwas klarstellen. Natürlich hilft ZHW auch gegen Liebeskummer! Bloß bei Eigensinn ist jedes Programm machtlos!"

ENDE

ZEIT MASCHINE
MAGAZIN

Geheiminformation für ZM Leser

VON MARLIESE AROLD

Lieber ZM-Leser

na, hat Dir die Geschichte gefallen? Willst Du jetzt auch mit der Zeitmaschine aufregende Abenteuer erleben? Ich schon! Denn in einer fremden Epoche gibt es viele merkwürdige und interessante Sachen zu entdecken! Wetten, daß nicht einmal Dein Lehrer alles weiß? Klar, er ist ja nicht ARCHIE, der Computer, und kein Mensch kann alles im Kopf behalten! Außerdem kann man's hier nachlesen ...

Viel Spaß wünscht Dir Deine

Akbar:
(auf arabisch „der Große") geboren 1542, gestorben 1605. Seit 1556 Großmogul von Indien. Wirtschaftliche und kulturelle Blütezeit des Mogulreichs unter seiner Herrschaft. Er versuchte nicht, seinen Untertanen den islamischen Glauben aufzuzwingen, sondern duldete auch andere Religionen. Sein Ziel war es, eine verbindende Religion zwischen dem Islam und dem Hinduismus zu schaffen.

Drudenfuß:
fünfzackiger Stern. Er hat schon im Altertum als magisches Zeichen gedient.

Fakir:
Asket (= sehr genügsam lebender Mensch), der mit Kunststücken hervortritt (z.B. Liegen auf einem Nagelbrett).

Fatehpur Sikri:
indische Stadt, von Akbar ab 1569 erbaut. Sie liegt heute im indischen Bundesstaat Uttar Pradesh. Die Bauwerke aus der Mogulzeit

sind hervorragend erhalten.

G*aukler:*

altertümlicher Ausdruck für Akrobaten und Schausteller auf Jahrmärkten usw.

G*ranatapfelbaum:*

Strauch oder Baum mit korallenroten Blüten. Die apfelähnliche Frucht ist eine Scheinbeere. Der Samen ist eßbar und dient auch zur Herstellung von Sirup.

H*ibiskus:*

Eibisch, Gattung der Malvengewächse mit vielen verschiedenen, meist tropischen Arten.

H*induismus:*

Religion, die hauptsächlich in Indien verbreitet ist. Hindu kann man nicht werden, sondern man wird als Hindu geboren. Jedes Wesen wandert in einem ewigen Kreislauf durch die Welt und wird ständig wiedergeboren (je nach guten oder bösen Taten als Gott, Mensch, Tier oder in der Hölle).

Der Hinduismus kennt ein strenges Kastensystem: 1. Hauptkaste: Priester (Brahmanen), 2. Kaste: Krieger 3. Kaste: Händler/Bauern 4. Kaste: Shudras (verschiedene dienende Berufe). Parias, die *Unberührbaren*, kommen noch unter den Shudras. Sie üben Berufe aus wie Straßenkehrer, Toilettenreiniger etc. Jede Kaste bleibt für sich, man heiratet nur untereinander oder ißt gemeinsam. Früher wurde diese Einteilung sehr streng gehandhabt. Inzwischen ist das Kastenwesen offiziell abgeschafft.

K*aschmir:*

Region in den Gebirgsketten des Himalaya und Karakorum. Der größte Teil gehört heute zu Indien.

K*aschmirziege:*

kleine, langhaarige Hausziegenrasse (Schulterhöhe etwa 60 cm). Ihre Wolle dient zur Herstellung des wertvollen Kaschmirgewebes.

K*obra:*

Gattung der Giftnattern, die beim Aufrichten ihre Halsrippen (Angriffshaltung) spreizen, wodurch der Eindruck eines Halsschildes entsteht. Am bekanntesten ist die Gemeine Kobra (Naja naja), auch Brillenschlange genannt. Sie wird bis zu 1,75 m lang. Ihr Biß ist fast immer tödlich. Brillenschlangen werden gerne bei „Schlangenbeschwörungen“ verwendet. Ihr vermeintlicher Tanz dient lediglich dazu, den Angreifer (d.i. der Flötenspieler) besser zu fixieren, indem sie seine Bewegungen nachahmt. Die Schlange ist nämlich taub.

M*aharadscha:*
indischer Großfürst

M*aharani:*
Frau eines Maharadschas

M*ahout:*
Elefantentreiber

M*ogul:*
(Umformung von mughul, dem persischen Wort für Mongole) Bezeichnung für die Dynastie muslimischer Fürsten, die vom 15. bis 18. Jahrhundert in Indien vor der Kolonialzeit der Briten herrschten

P*ython:*
Familie der Riesenschlangen. Manche Arten können bis zu 9 Meter lang und über 100 kg schwer werden. Sie ernähren sich von Vögeln und kleinen Säugetieren. Die Weibchen legen bis zu 100 Eier, die 10 bis 12 Wochen bebrütet werden.

S*aphir:*
blauer Edelstein

W*itwenverbrennung:*
alter hinduistischer Brauch. Die Witwe stürzt sich in den Scheiterhaufen ihres verstorbenen Mannes, um im Jenseits wieder mit ihm vereint zu sein. Dieser Brauch wurde als besonderes Zeichen von Treue angesehen und galt als sehr tugendhaft. Seit 1829 offiziell verboten, wird aber gelegentlich noch heute praktiziert.

PROFESSOR
AMBROSIUS'
TROPFSTEINHÖHLE